暴戾人

ROGUE MALE

Geoffrey Household

[英] 杰弗里·豪斯霍尔德——著 王涛——译

长江出版传媒
长江文艺出版社

图书在版编目（C I P）数据

暴戾人 / （英）杰弗里·豪斯霍尔德著；王涛译
. -- 武汉 : 长江文艺出版社, 2019.6

ISBN 978-7-5702-0808-1

Ⅰ. ①暴… Ⅱ. ①杰… ②王… Ⅲ. ①长篇小说－英国－现代 Ⅳ. ①I561.45

中国版本图书馆 CIP 数据核字(2019)第 018909 号

策划编辑：陈俊帆
责任编辑：徐晓星　雷　蕾　　责任校对：毛　娟
装帧设计：天行健设计　　责任印制：邱　莉　胡丽平

出版：长江出版传媒｜长江文艺出版社
地址：武汉市雄楚大街 268 号　　邮编：430070
发行：长江文艺出版社
http://www.cjlap.com
印刷：荆州市翔羚印刷有限公司

开本：880 毫米×1280 毫米　1/32　　印张：8.75　插页：2 页
版次：2019 年 6 月第 1 版　　2019 年 6 月第 1 次印刷
字数：123 千字

定价：36.00 元

目录

引言　命悬一线

我怨不得他们。毕竟，无论是打野猪还是打熊，都不需要使用望远镜瞄准具。因此，当他们发现我在观察550码距离之外的阳台时，很自然会早早下定论。我想，他们做事还是很谨慎的。我并不是显而易见的无政府主义者，也不是狂热盲信者。我看上去不像是对政治感兴趣的人。我或许曾经参加过英格兰南部的某个农业选区的选举，但这基本不能算作为政治活动。我怀揣着一本英国护照。如果我被发现的时候正在走向国会大厦，而不是进行观察，我可能会被邀请共进午餐。人在愤怒之下，确实难以在一个下午就解决这个问题。

他们肯定在猜测，我是不是被雇用执行某项公务。但我想，他们已经否定了这个猜测。没有一个政府会鼓励暗杀——至少我们所有的政府不会这么做。要么我是一名自由骑士？这看上去也是完全不可能的。任何人都能够看得出，我并不是那种“复仇天使”之类的人物。那么，我是不是没有任何犯罪动机，完全像我所声称的——只是一名冒险家，无法抗拒追踪难以捕获的猎物的冲动？

在经过两三个小时的质问后，我发现我已经使他们的态度发生动摇。他们并不相信我，不过他们开始认识到，像我这样一个百无聊赖、财富阔绰的英国人在猎杀了各种小儿科的猎物之后，或许会一反常态地通过追捕世界上最大的猎物获得快感。然而，即使我的解释是千真万确，潜伏追踪行动纯属合法行为，但也是无济于事。他们不会让我活着。

当时，我已经接连遭到重击。如今，我的指甲正在重新长出来，但左眼仍然完全看不见。这种状况可不是两句道歉就能让人释怀的。当时他们可能就要给我办一个独特的葬礼，让猎人们齐射猎枪，齐鸣号角，让所有要员都身着舞服出席，手举方尖石塔追忆冒险者同行。他们会把这些事做得很漂亮。

但事实上，他们却干得笨手笨脚。他们将我带到悬崖边，把我整个人举起来，除了我的手——简直太狡猾了！如果有人看见我，会发现我的手指正在粗糙的岩石上摸索挣扎，几乎撑不住了。当然，我还是死死撑住，撑了多久连我自己都不知道。我想不通，为何我不愿意接受死亡——特别是意识到我已经没有了存活的希望，越快了断，痛苦越少。但我并不愿意这样。人们总是会抱有希望——即使是命悬一线也仍然可以称之为“希望”。兔子在遭到白鼬追捕的时候，会有某种求生的欲望促使它疾速奔跑。而我并没有“开化”到不再受这种求生欲望支配的程度。我想，兔子并没有期盼什么，它对未来没有概念，但它还是在奔跑求生。因此，我也得坚持，直到撑不住掉下去。

我拿不准自己是否已经死亡。我始终相信，人的意识在肉体死亡之后仍然会存在（我只是不知道究竟能够持续多久）。因此我想，我可能已经死亡。我已经陷入如此糟糕的境地；如果我还活着，这简直不可思议。此刻的疼痛令人恐惧。不管怎样，我感觉到大腿后侧和臀部似乎已经脱落、剥落、刮落，不管是以什么方式。我已经显而易见、无可挽回地失去了大量的生命物质。

我想了又想，开始期盼死亡。我不愿意想象自己还活着，也不愿意去想那些黏稠的泥浆。我身体的周围到处都是浆状物质，我就是在这样的环境中继续着荒谬的臆想。我曾经想过，这片沼泽就是我自己，感觉有点血腥味。随后我又在想，我的躯体在无力地伸展，就像沼泽一样，到处都是血腥味。

我已经坠入一片沼泽——面积不大，但很深。现在，我知道自己还活着——更确切地说是今天，因为我不想将自己形容为“永恒的生命”——我看不见，也感觉不到身体已经遭受了多少创伤。四周漆黑一片，我已经完全麻木了。我抓着周围的草丛，把自己拉出来。这种草是泥浆里的一种植物，裹着隐藏在泥浆里。沼泽地里有一个尖尖突起的碎石坡。这个石坡在我坠落下来的时候显然曾经从我眼前掠过。我已经感觉不到疼痛了。我可以说服我自己，与他们将我推向悬崖时相比，我此刻的伤势已不算重。因此，我决定赶在他们前来搜索我的“尸体”之前挪走，离开这个地方。

我当时并不知道，其实我有足够的时间和他们“戏耍”。他们并没有打算去搜寻我的“尸体”，直到“尸体”僵硬，并且他们能够找到独立的目击证人。说不定，我——这个不幸的

“冒险者同行”会不经意间被人发现，“尸体”也未被触碰过。关于这位“同行”命运的整个故事也会是平淡无奇——从艰险的石坡滑下坠落。

悬崖底下的乡村是一片开阔的林地。我现在已经什么都记不得了，除了时而稀疏、时而茂密的阴影。我心里留下的影像很模糊，感觉可能是树丛，可能是云彩，也可能是海浪。我估摸着走了 1 英里，选择了一片幽暗之处，昏睡过去。在夜里，我曾经几度恢复了一些意识，但很快就再度失去知觉。直至黎明时分，我才重新回到这个“艰难之世”。

天亮了，我努力挣扎着站起来，但显然不可能。我没有再做尝试。泥浆已经在我身上积成了块状，肌肉动一动就会受影响。只要外层脱落，血就会流出来。不，我当然不会去动这些泥浆。

我知道哪里有水。我之前从未见过那条小溪，之所以能够确定方向，可能是因为在潜意识里还存有地图的记忆。不过，我确实知道哪里有水，于是赶紧朝着那个方向挪动。我俯卧着前行，用胳膊肘当作腿，身后的印迹就像是受伤的鳄鱼留下的，全是烂泥和血迹。我并不打算爬到小溪里——说什么我都不会把身上的泥浆洗去，我知道只有泥浆才能让我的胳膊肘撑住——但我当时正濒临极限。

这就是被追捕者的逻辑，或者说根本没有逻辑可言。我不知道，那些久坐不动的城里人心里是否也是这么想。我想如果他的伤痛足够严重，应该也会这么想。你只有受到严重的伤痛，几乎到了快要丧命的程度，才不会再去想应该做什么，而是凭着意识去做。

我让爬行的轨迹看上去仿佛像是走向小溪。我缓缓地爬到小溪边，开始喝水，然后转向一处浅滩。这处浅滩只有2英寸深，很安全，我翻滚的痕迹都将被洗干净。他们会追寻着我的踪迹，找到我当晚歇息的掩蔽处，再从那里搜索到小溪。至于我在离开小溪之后去了哪里，他们只能靠猜测了。

毫无疑问，我很清楚自己将要去哪里。这个决定必须归功于祖宗的保佑。小鹿会向上游或是下游疾驰，留下的水迹让猎人能够凭借嗅觉或者视觉做出判断。但猴子绝不会这么干，它会对自己的踪迹做些手脚，然后从另一个方向消失。

我在浅滩上转过身，然后再次往回挪动——沿着此前留下的蛇形轨迹往回爬。沿着轨迹挪动，这很容易。事实上，这就像乡间小道一样，我的脸距离地面只有6英寸。现在想想，我估计他们在追踪我来到小溪的时候并没有注意到，有些草是朝着反方向弯曲，这表明我肯定是沿着来路的轨迹往回返了。但哪个家伙能想到？人俯卧着挪动将会留下怎样的轨迹，根本没有规律可循——对于如此古怪的踪迹，貌似看不出有什么必要去探究细节。

我的这段行程是在落叶松丛下完成的，地面很软，也没有灌木丛。我曾经掠过一棵树的树干，而现在我想爬上去。最低的树干距离地面2英尺；再往上，树干一根接着一根。乌黑的树干散发着芳香，它们紧紧挨着，就像一节节的梯子。我手上的肌肉并未受损；我已经顾不上担心手部皮肤的状况了。

直到完全处在人们视线无法触及的高度时，我才敢将靴子踩在树枝上；靴子留下的浆块状印迹肯定会被人发现。我猛地一下扒住了一根10英尺高的树枝。我知道，在一根树枝上歇的时间越久，就越没有力气扒住下一根树枝。我每隔半分钟，就要用两只手交替着往上爬一节，简直是扣人心弦，就像是某种汽缸里的两个活塞交替弹出。有时候我的朋友们会抨击我得意于自己身体的消瘦。他们是对的。但我不知道，我是如何承受住攀爬时的极度痛苦。

接下来要容易一些。此时，我可以让双脚支撑住身体的重量，在每次向上爬之前尽可能多歇歇。我的腿没有瘸，只是挪不动。这也没什么不好。我掉不下去，因为我的身体挤在那棵长满果实的大树的树干之间。我爬到果树窄窄的缝隙间，树枝更密、更小、更绿，我被卡住了。在那里歇着刚好，于是我又昏过去了。这太惬意了，简直是罪过。

当我醒来时，树正在微风中摇荡，让人感受到宁静的气息。我感到非常安全，什么都不想。我觉得自己像是树上的寄生虫，就长在那里。我不疼，不饿，也不渴，很安全，此后每一刻都没什么可以伤到我了。当时我专注于应对眼前的状况，假使我想得远一些，我就会感到绝望。但对于像我这样一个正在被追捕、正在栖息的“猎物”来说，感到绝望就等于感到希望。

当我听到搜索队的声音时，应该已经是午后了。他们沿着斜坡往下搜索，来到我倚靠的大树的北侧，我能够看见他们，太阳正照着他们的眼睛。我把落叶松拨开；在这片柔和的绿色羽状缝隙中，他们根本不可能辨别出我的脸。根据我的判断，我的腿已经不淌血了，落在下面树枝上的血渍，或许是能够找到我的唯一痕迹。我的双手在那里留下了淡淡的血迹，如果仔细搜索还是能看得见。不过，在半明半暗的树中央的黑色大树枝上，血迹确实不容易被发现。

三名身着制服的警察沿着山坡往下踩踏，步伐沉重，神情淡漠，惬意地享受着阳光，愉悦地跟着一个穿便衣的人——此人几乎沿着我的足迹在搜索，就像他们牵出来溜达的一条狗。我认出了他，这个人是国会侦探，曾经对我进行了第一阶段的讯问。他曾提议采取一种非常龌龊的手段，企图逼迫我说出真相。实际上他当时已经开始这么干，而同僚们提出了抗议，他们并不反对他的手段，但意识到或许还是有必要让我“死要见尸”，即使是尸体也不能有悖常理地残缺不全。

他们越来越近，我能听见他们谈话的只言片语。警察们确实在急切地找我。他们对事实真相一无所知，不确定我究竟是男人还是女人，这究竟是意外事故还是我企图自杀。我猜测，他们此前得到通知，在夜里听到了一声叫喊，或是有什么坠落下来。随后，在侦探不动声色的引导下，他们发现了我在沼泽地里的背包和折腾的痕迹。当然，我当时对形势并不清楚，只能凭感觉。我在树上伸展着身体，心平气和地听他们说话。过了些时候，我听懂了他们的意思。

国会侦探发现我爬行的轨迹消失在落叶松丛中。他重新振作起来，开始指挥搜索，他似乎很肯定我会在树下被找到。他朝着三位同伴叫喊，让他们跑到另一端，防止我逃跑。他本人则在低矮的大树枝下缓慢前行。他几乎就要刻意露出马脚，因为他猜想我肯定会在那里急切地等待救援；但他又想凭一己之力找到我。如果我还活着，他觉得有必要小心地把我干掉。

他很快地从我所在的树下穿过，继续向前进入一片开阔地。他发现我并未停留在树林里，这时我听见他在咒骂。随后，我听见他们朝着小溪的上游和下游相互叫喊，但声音微弱。这令我感到奇怪。我曾经以为，一上午的时间足以离开这条小溪。

我再也没有看到追捕者。几小时后，小溪旁发出了许多水溅起溅落和兴奋激动的声音。他们肯定一直在浅滩打捞我的“尸体”。这段小溪实际上就是浅浅的山涧，但水流很快，足以将人冲走，除非他被岩石或是漩涡挡住。

晚上，我听见了狗叫声，确实感到害怕。我开始震颤发抖，再次感觉到疼痛——阵痛、剧痛、抽痛，各种疼痛的感觉。我身体的各个部位像拉小提琴一样伴随着心脏的跳动，或断或续，或者滞后半个音节。我又活了过来，全倚仗那棵树帮我愈合。那些狗可能曾经发现我，但不管它们的主人是谁，都没有给它们机会，他没有采取浪费时间的做法，让那些狗沿着踪迹追踪，他可以自己追踪。他正沿着小溪上下搜索。

夜幕降临了，我从树上下来。我能站起来了，还可以用两根木棍支撑着缓慢向前挪动，拖着双脚，双腿僵硬。我还可以思考。我在过去 24 小时里的心理活动，可能并不能称为“思考”，那时候我的身体已经不受控制。对于如何逃生和康复，我的身体比脑子明白得多。

我必须努力让自己的行为符合常理。我写下这份自白书——我可以称之为自白书吗？——让我自己不再苦思冥想；我按顺序写下发生的一切。我对自己并不满意，我希望通过这支铅笔和这本练习簿，能够理清思路。我创建了“第二自我”，可以根据自己的过去来衡量“现在的我”。为了避免写下来的内容被无意或者有意公布，我没有提及我是谁。我的名字已是广为人知，我常常不可避免地被大幅标语羞辱，也会受到便士报①的吹捧。

① 便士报又称美分报，19 世纪 30 年代由《纽约太阳报》带头兴起于美国，它以货币的最小单位为报纸的售价卖，每份报纸只卖 1 便士，而此前纽约所有的报纸售价都在 6 美分左右。便士报的实质就是买报人不再需要支付报纸的全部成本，报社通过这一方式改变了以前报纸只有富人才买得起的状况，使报纸成为当时最大的信息传播媒介，为后来的报纸广告业打下了坚实的基础。

一

刺杀未遂被擒

我相信，我是在足够无辜的情况下开始这段刺杀行动之旅。我和大多数英国人一样，并不习惯于深究动机。无论是向我建议还是向其他任何人建议，我不喜欢也不相信冷血的计划。我记得当我在把望远镜瞄准具塞进包里的时候曾经问自己，究竟要这玩意干什么；但我当时只是觉得这个瞄准具可能迟早会派上用场。

毫无疑问，我一直在推测伟人的警卫方式，以及怎样可以绕开警卫——我们都有这样的好奇心。我在波兰进行了两星期的户外行进，然后越过边界继续进行更多的行程。我开始有些漫无目的地从一个地方转移到另一个地方。我每天晚上的住宿地点，都在朝着国会大厦一步步接近；我开始热衷于这种潜伏追踪行动。我曾经一再问自己，为何不留下步枪。我想答案应该是，这可不是斗蟋蟀。

警察护卫基于的假设是，刺客是一名疯癫的白痴，带着笨拙的近程武器——炸弹、左轮手枪或是匕首。很显然，这种人作为真正优秀的枪手，在接近和刺杀要员方面富有经验，绝不会因为胆怯而在政治或者其他各种谋杀行动中畏缩不前。他可能并没有什么委屈；即使有委屈，步枪对他来说也不会是“拨乱反正”的手段。我本人也没有什么委屈。人们几乎不可能将个人琐碎的私生活中出现的烦恼以及欧洲动荡的整体形势视为“委屈”。我从未像意大利男高音那样高呼爱恋，也没有手持短剑向男中音挑衅。

我要说，邦德街步枪算不上什么武器，警卫根本无须考虑，因为潜在的刺客根本不会训练使用这种枪械。秘密警察对于那些对政权不满者的政治经历了如指掌，不会容许这样的人拥有一支精良的步枪，走到哪里都带着，甚至成为一名一流枪手。因此，刺客不得不使用那些便于隐藏的武器。

我在此需要强调的是，我带着一支步枪，有持枪许可证，还有持枪的理由。让我们从理论的角度看，这种潜近和捕猎的方式是否合乎情理。我所做的仅限于此，也未做任何计划。听其自然，这一直是我的习惯。

我用火车将行李运回去，然后徒步行进了最后100英里左右，随身仅携带背包、步枪及瞄准具、地图和野外双筒望远镜。我在夜间行进，白天则躺在林场或者荒野休息。我从未有过如此的享受。凡是曾经潜行追踪过野兽数英里的人，都能够理解这种极度兴奋的冒险精神——潜行追踪100多英里，穿过大量的人群而不被发觉，露宿野外，出人意料地爬上山坡。我正在努力实现“一石二鸟”的目标；我重新找回了冒险的感觉——哦，我不明白为什么要说“二鸟”。只有一只鸟：潜行追踪的乐趣。

我在拂晓时分抵达目的地，用了整整一天的时间进行侦察。这是令人惧怕的一天，巡逻队在下议院周围的丛林里进行了非常高效的巡查。我在树与树之间、溪谷与溪谷之间小心翼翼地潜行，越过大部分巡行区域。但只有在脚踏实地的时候，我才真正安然无恙。我常常将步枪和望远镜藏起来，心想我肯定会碰到质疑和盘问，不过我从未遇到，我或许就像个隐形人。我已经掌握了观察阴影的技巧，站着一动不动，让阴影对我的外形轮廓进行剪切和附加斑纹。但还是有过几次，即使是犀牛都应该能够看见我。

不管怎样，他们确实想到过可能会有人使用步枪实施袭击行动。在丛林中，已对能够俯瞰阳台和花园空地的所有据点进行了清理；没有人能够从隐蔽处开枪，即便是从极限射距之外。在开阔的空地，不断有卫兵穿过，卫兵人数多得很。我选择了其中最狭窄的地方：大约有 50 英尺宽，直接穿过树林，抵达低矮悬崖的边缘。从悬崖上的草坡观察，整个阳台以及通往阳台的所有大门尽收眼底。根据我的测算，此处射距为 550 码。

晚上，我躺在母树下的松针“睡椅”上，耗尽了储备物品，安然入睡。即将进入黎明时分，我沿着悬崖往下爬了几英尺，停在一处岩架上——这里向外突出，可以使我避免被那些可能盯着悬崖边缘观察的人们发现。一株矮小的接骨木，通过头重脚轻的树根根尖扒住碎石，足以形成安全的遮蔽，可以挡住远处眺望的眼睛。在这个狭窄的地方，我的步枪毫无用处。但如果那个伟人出来遛狗，闻闻玫瑰花香，或者向花匠做手势，我都能看得一清二楚。

就在我的头顶，一条小径横穿山路的底端，沿着树林的下沿继续延伸。我听着脚步声，测定间隔的时间，发现大约每隔14分钟就会有人穿过山路。我在确定这个时间间隔之后，随即走出隐蔽处，跟在后面。我想准确掌握此人的常规习惯。

此人是一名年轻的卫兵，体格很棒，全身上下洋溢着忠诚。但我应该想到，他一生中基本不可能离开过工业城镇。假使我趴在他的脚下，他应该不会发现我。事实上当时他很清楚，他并非独自一人，因为他时不时向身后看，盯着灌木丛或者我隐蔽的凹地。不过，他显然将自己的这种感觉归因于紧张或是臆想。我并未将此人放在眼里，但我倒是喜欢他。这个年轻人如此强壮，满脸横肉，直觉很准——是个可塑之才。当他捕获第一个猎物的时候，他的眼神足够犀利，那一个月的幼稚想法都值得了。

我随着他的节奏跟在他后面，随时掌握需要多少分钟能够占据草坡，必须从哪条路线逃生。最后，当伟人出现在阳台的时候，我的年轻伙伴刚好经过。我有 10 分钟的时间采取行动。于是，我立刻爬上草坡。

我选择了一个舒适的姿势，将瞄准具的三个指针稳稳地对准伟人身上马甲的衣领。他正面朝着我，正在上紧手表的发条。他可能根本不会意识到将要飞来的横祸——如果我打算开枪。就在此刻，我感受到一阵轻风吹上我的脸颊，在此之前，一切风平浪静，我不得不顾及这阵风。毫无疑问，伟人的信徒此刻将会看到上帝之手。我不应该和他们有分歧，因为上帝可能在特别关照所有孤寂、高贵的男性。不管是谁，只要曾经潜伏追踪过某个特别优秀的领导人，都知道这一点。这很正常，上帝自己就一直被视为男性。

我听到了一声叫喊。接下来的记忆，就是我从后脑遭受的猛击中苏醒过来，我的年轻朋友正用他的左轮手枪对准我。之前，他猛地向我扔了一块石头，随后立刻向我追来，这种本能的行动要比摆弄手枪快得多。我们相互盯着对方。我记得当时自己语无伦次地抱怨道，他提早了 7 分钟。他看着我，仿佛我是个魔鬼。他的目光中带着厌恶，带着恐惧——不是害怕我，而是对于这个世界突然显现出来的恶行感到恐惧。

“我往回走。”他说，“我知道。”

他理所当然这么做了。我真不应该如此目空一切，愚蠢至极，居然跟踪他，搅乱他的神经和惯常行动。当时他既没有听见我，也没有看见我，但他已经完全意识到了，从而让他自己的整个活动超出常规。

他和指挥官一道把我带到下议院。正如我所述，我在那里受到了专职人员的讯问。我的抓捕者感到极度恶心，他的男子汉气概受到了玷污——或者他自己这么认为，之后他离开了房间。我自己则感到超然。也许我不应该称之为“超然”，因为我的身体很敏感，向大脑传递的信息并没有中断和缺漏。但训练还是起作用的。

我并不赞成英国“上层社会”进行这种战前斯巴达式的训练——如今已经时尚地称之为“中层社会”，“上层社会”则专指天使。这种训练对于人们日常生活中的平常事务没有丝毫价值。但在身体耐力要求很高的确定的特殊情况下，这种训练就会起作用。我已经完成了里约加瓦里的入会仪式——我只有通过这种方式，才能劝说他们教我如何对大出血进行轻微的肌肉控制——在我看来，这更像是一段令人不快的经历，而不是走向成熟的检验。训练活动仅仅持续了一天一夜，但部族英国人的启蒙仪式则要继续10年的教育。我们是在折磨孩子的精神而不是身体，而所有的折磨最终都是针对精神。我习惯于忍耐，并且不会自欺欺人。我所说的“超然”就是这个含义。

我猜想，与真正的刺客相比，顺从对我来说更容易做到，因为我没有任何可以出卖的；我没有同伙，也没有动机。我不能为了活命而向他们编造有趣的故事。我没有权利通过不负责任的捏造，对其他人造成危险。因此，我仍然下意识地对真实情况反复重述，但对于有人能相信我则不抱一丝希望。

最后，有人认出了我的名字。我的陈述——即出于冒险进行潜行追踪活动——开始隐约有可能被接受。不过，无论是真是假，此时他们更有必要小心翼翼地把我干掉，这很容易。我此前供认，我有五个晚上没有待在屋子里，没有人知道我在哪里。他们将我所有的证件和物品放回我的口袋，带着我驱车向北行驶了50英里，然后上演了这起“事故”。

二

逃离险境

我从那棵佑护我的落叶松上下来时，感觉双腿还能支撑我的身体。嗨，我开始有了期盼。按照他们的料想，我要么会淹死，要么会受伤躺在河边的隐蔽处，无力支撑，我的尸体最终会被人发现。邻近乡村的警察部门和行政当局将会得到警报，要搜索查找某个奄奄一息的陌生人。不过，关于我个人情况的任何描述，都不可能向其他地区通报。对于我是否活着，国会安全部门没有任何官方信息，只能在将他们的非正式消息与局外人士分享时尽可能控制知情者的数量。如果我已经死亡，也会让人省心。假如我只是偷了一块表，而不是潜行追踪国家元首，我的照片恐怕将会张贴在各个警署。

假如我能够走动，假如我有新马裤，假如我能够在不被注意的情况下通过危险区，我从该国撤出来的机会就不会那么渺茫。我有护照，有地图，有钱。我的当地语言说得很好，足以瞒过其他人，只有受过高等教育者才能听出破绽。尊贵的老圣乔治——这是我对该国驻英大使私下里起的诨名——坚持认为，我说的是土语。但对于他来说，完美的语法要比口音更重要。这是外事工作无法摆脱的迷信。例如，人们会认为训练有素的外交官在书写法语时像天使一般，但在说法语的时候却会带着日内瓦娘娘腔般的怯懦。

我希望能够向圣乔治道歉。在过去24小时里，他肯定花了数小时的时间回复一些与我相关的机密电报——尽可能以恭敬的语气指出，他令人尊敬的主人配备的卫士就是一群傻瓜。随后，他还附了一封措辞严厉的信函。信中的大意是，我是他的社团成员，卷入此类事件真是不可想象，暗示他难以相信。我担心他一定遭到了斥责。从表面上看，卫士们是对的。

我想，此刻是周日晚上。我是周六被捕的，但我不确定在这之后过去了多长时间。我可能在某个地方少算了一天，但究竟是在树上还是在岛上，我无法确定。

我大体上知道自己在哪里。我明白，如果想逃离这片遍布岩石和丛林的地方，就应该沿着某一条与小溪平行的小路行走。假如我有拐杖，这段路程也就不至于如此艰难。但我没能发现一块木头在长度和角度方面适合用来支撑胳膊。我在清醒之后回想起这件事，才意识到这个努力几乎不可能实现。但当时我对自己很恼火，以至于像孩子一样无能为力地哭泣。我不能把手上的力气全用在匕首上，也找不到长度和形状合适的棍棒。整整一个小时，我一直在愤怒，咒骂自己。我想我的精神已经完全崩溃了。这也难怪，如果一切都是天方夜谭，那么指望我能够区分哪种奇迹可以在外力迫使下发生，哪种奇迹不可能发生，这是不合常理的。

最后，我理所当然不得不接受在外力强迫下发生的奇迹，让自己在没有拐杖的情况下向前行进。我的双手分别握着粗糙的长杆，成功地前进了大约 4 英里。我在平地上拖着脚走，有时爬一小段路，越过障碍物。每当我的双腿疼痛难忍，我就会长距离爬行。我还记得人们常常拎着沉重的衣箱行进，走的距离比正常情况远得多；在途中，将衣箱从一只手换到另一只手上，换手的时间间隔越来越短，直到无法确定是让已经酸痛的右手继续坚持，还是换到即刻就会酸痛的左手。我一会儿爬行，一会儿步行，这种来回替换与换手拎衣箱如出一辙。

谢天谢地，我迎来了黎明，这意味着我无须再驱使自己继续前行。我只能躲藏起来，直到我确定自己身在何处，人们在哪些路径上往来。我瘫倒在一道干渠里，躺了几个小时。我听不见任何声响，除了一只百灵鸟，以及一群奶牛在邻近田地里扯着牧草的声音。

最后，我站起来环顾四周，当时，我在山脊顶端附近。在我的下方和左侧，是长满树木的山谷，我之前就是沿着这道山谷来到此地的。那会儿是在夜晚，我没有意识到自己在爬行。我之所以精疲力竭，部分原因就在于当时在这片高地的行进。

我拖着脚，朝着地平线的方向向上挪动。漫长的河流在我的脚下蜿蜒，近旁的河岸覆盖着低矮的灌木丛。有一条小道在丛中穿过，时隐时现，直至通过一座铁桥越过河口。在更远处的河岸——上游 1 英里处，是一座乡镇，有几家小工厂。下游两侧的河岸都有牧场，在河中心有一座小岛。这里就像我们神秘的英格兰埃文河一样宁静、安全。

我取出地图，核对我的位置。我在寻找一条支流——这条支流在蜿蜒了30英里之后，汇入了欧洲的一条主要河流。这座乡镇是个省城，将会接到对我进行搜寻的指令；而我的假冒救助者——警察，估计就隶属于这座乡镇。尽管如此，我还是不得不去那里。这里是交通中心：公路、河流和铁路。鉴于我无法行走，我必须找到交通工具将我带到边境。

微风时不时地将微弱模糊的哭声和击水声向我吹来，我想应该是有人正在经受伤痛的折磨——在这种环境下，很自然会有恐怖的想象——但随后我意识到，这个尖叫声是几个女人共同发出的，她们在洗澡。我突然想到，到了中午，商业和教育活动会暂停，留出吃午饭的时间，男人们可能也会来这里游泳，这样我就可以弄到一条裤子。

我一直在等着，直至看到这些女人穿过铁制人行桥踏上返回乡镇的路上。随后，我蹒跚着爬下山脊——这道贫瘠的山坡遍布石头。幸运的是，山脊上没有篱笆需要翻越，也没有爱管闲事的小农场主问我在干什么。洗澡的地方足够平坦，在河的下游3英尺处，有一片半圆形的草地。在河岸的上游和下游覆盖着浓密的柳木和落叶乔木，我再度靠着胳膊肘和腹部爬进灌木丛，当时正好有一条滑道通向灌木丛，我只能将其归功于上帝对我的特别恩惠。后来我才知道，这条穿过灌木丛的滑道是之前由某个年轻人挖掘的，此人对于女性的裸体很好奇，但他过于贫穷，无法通过常规的办法来满足心愿。对于这个年轻人，我尽可能善意地去想他。在他挖掘的滑道终端，我可以非常清楚地对灌木丛进行观察——一般洗浴者会在灌木丛后面脱衣服。

没过多久，我一直迫切等待的男人们就来了。事实上，我几乎是九死一生，我听见他们沿着小路叫喊着，唱着歌，于是赶紧转过身去。来的是5名健壮的男孩，我想他们应该是店主和小官吏的儿子。他们的下装共有2条短裤、2条没有明显特征的长裤和1条老式马裤。对我的体型而言，这些下装的裤腰太松，裤腿太短，我无法猜测哪条裤子对我最合适。我想，正是这个原因让我想到了一个好主意——把这几条裤子全部拿走。如果只偷走一条，显然会使怀疑目标集中到某个路过的流浪汉或是逃亡者身上；但如果这几条裤子都不见了，人们可能会认为是他们的一个伙伴在搞恶作剧。我记得当时我回到灌木丛边的同时，还在兴奋地咯咯笑。

他们在距离小河 10 码的空地脱下衣物。这意味着我只有一次机会——在最后一个人跳入水中的时候，赶在第一个人出来之前下手。这是一次疯狂的冒险，然而，对于承担怎样的风险，我早已顾不上了。

他们在几秒钟之内跳进水里，只有一个人留在岸上。此人下半身肥大，憨头憨脑，在进行空拳练习，直到他的一位伙伴和我一样，对他摆姿势感到厌倦，伸出胳膊抓住他的脚踝，将他拖下水。此时，我立刻离开观察点，弯着腰穿过草地。我拿了 4 条裤子，第 5 条裤子距离我太远了。我刚刚消失在荆棘丛后面，他们当中就有一个人起身爬上河岸。不过此人并没有朝他们的衣服看一眼——他为何要看呢？我穿着裤子向下游爬去。

此刻，哪个地方他们不会去观察？再爬到树上去不会安全，情绪高涨的年轻人自然会想到树。至于灌木丛，他们会像一群野牛一样去踩踏。我判定，对我来说最好的隐蔽地方就是河里。没有人会想到恶作剧者，很可能是衣冠整齐，会将他自己和朋友们的裤子沉在河里。我走向河岸，滑落在柳树下的一片水洼里，那里满是泡沫，还有矮灌木丛。他们当中有两个人游到距离我很近的地方，但拖曳在水中的大树枝对我形成了很好的遮蔽，不仔细看根本发现不了我。

我原本无须这么折腾，计划的成功实现要比我敢于希望的还要容易。他们冲上小路，我听见他们的声音从山坡那边回响——他们在叫喊着“威利”。他们没找到威利，于是用毛巾裹住衬衫的下摆，冲过灌木丛。我不知道他们是否朝我躲藏的河岸看过。我听见他们当中有个人还在 1 到 2 码距离范围内，于是赶紧弯下腰。最后，他们踏上了回家寻找威利的道路，情绪很糟糕。他们丝毫不怀疑这场恶作剧就是威利干的。我希望他们不要相信威利的否认，直到威利受到彻彻底底的惩罚。这个威利，大家一遇到恶作剧就会立刻怀疑是他干的，那么他也应该受到可能面临的任何惩罚。

我带着这些裤子向岛上飘去，之前我在山脊的顶上就看到了这座小岛。我只能用胳膊划水，我这代人一般没有学过自由泳，老式的蛙泳太痛苦了，根本游不了。不过，我还是成功地将自己的身体和这几条湿透的裤子完全保持在河面，剩下的就交给水流了。

岛上光秃秃的，但河岸上的低矮植物足以对我形成遮蔽。

只要我保持在植物边缘附近，就能够避免人们从我早上躺着的高地上发现我。张贴的四张布告之间留着整齐的间隔，告诫人们禁止上岸。我想不出为什么。或许是因为人们在划着舟的时候，无聊之中自然会想到靠上岸，而任何引发无聊感觉的事物都被认为是邪恶的。

借助下午的阳光，我舒展身体、衣服和裤子，在太阳底下晒干。我并未试图检查身体。衣物在浸泡之中与身体分开，仅仅渗出一些水分，这已经足够了。

周一晚上和周二白天，我仍然待在岛上。在周二晚上，我可能还是待在那里，正如我所说，我不知道在哪里少算了一天。我裸着身体躺在沙滩上，没有任何干扰，让阳光开始帮助我康复，非常幸福。在大多数时候，我几乎没有感觉，我可能弯着腰钻到杂草和树丛形成的半阴影地带，然后睡着了，直到我身上发冷；随后我可能钻回去，在太阳底下“烘烤”伤口，结下疤痕。我所能实现的就是这两种乐趣——都能够让我非常满意。我不想吃东西，我想我当时正在发烧，没有胃口很正常。我夜里确实着凉了，但并不严重，我将所有的各种衣物盖在身上。如果是在其他时候，我恐怕会认为天太热，没有风，不容易入睡。

三

渔夫的帮助

在周三上午露出一线曙光的时候，我醒来了，感到头脑清楚，极度饥饿。我选择马裤——将马裤穿在身上，马裤似乎足够肥大，不会与我的皮肤相互摩擦。然后，我将其他短裤和长裤扔进了河里。我认为这些无关紧要的物件对于他们的物主来说不会是太大的损失。那五个人当中只有一人带了钱包，正因为钱包在裤子后兜里凸出来，我才得以从他的其他衣服上悄悄溜走。

我用腰带将两块浮木绑在一起，将我所有的随身物品放在这个简易木筏上。我发现，尽管我还是无法进行常规的游泳动作，但这个办法还是可以使我更方便地溅泼着水前进，抵达更远处的河岸。木筏起了作用，并且没有被带到下游100码以外。

到了地面，距离主干道仅有一箭之遥，我必须得仔细打量自己的外观。在此之前，我的外观对于我的重要性也就相当于皮毛之于动物的重要性；但在此刻，我打算重新回归人类世界，我给外人留下的印象非常重要。我只有鞋子和长袜还算体面。我不打算弯腰将它们脱下来，河水已经将它们洗干净了。

措施一：我必须刮掉长了4天的胡子。这绝不是仅仅因为英国人对于大庭广众之下的胡子拉碴者抱有偏见。如果男子胡须剃干净，衣领和领带合身——即使有些脏——就能够避免招致公众的怀疑。

措施二：搞到手套。在付钱和取物的时候，手指尖必须得伸出来。而我的手指尖已经不像人样了。

措施三：搞到遮光眼罩。我左眼的状况不使用镜子无法诊断。眼睑被一团东西粘住了，我想这团东西只会是血。

措施四：搞到衣刷。我的花呢大衣没有衣肘。不过，如果我把泥浆刷掉，在与人说话时不把脸转过去，或许可以蒙混过关。

我必须采取上述措施，否则可能会将自己暴露。我不想夜复一夜地朝着边境爬行或者一瘸一拐地往那里走，我的机敏性也达不到盗取足够食物的水平。但如果我这般模样走进乡村的店铺，店主会立刻将我送到警署或者医院。

我在穿马裤，这个痛苦实在是没完没了。我最后终于把裤子穿上了，但该死的扣子还是没法扣紧。我扣上了 3 个，剩下的只有放弃了，因为我担心血迹会浸透整条裤子。衬衫扣子完全扣不上。

我越过一片田地，在空无人烟的主干道上站了一会儿。此时距离黎明时分还有 1 小时，天空就像衬有蓝色和金色流苏的天篷。路面涂了焦油，湛蓝、宁静，就像是一条运河。只有列车带来生气，疾驰着穿过平坦的溪谷，似乎是急着在天亮前赶到山区。正如地图所示，我可以选择的路线包括河流、公路和铁路。我自己倾向于从河上逃生。乘船顺流而下，无须接受质询或是填表。然而，我的外观再度成为无法克服的障碍。我不能这般模样现身去买船；如果我选择偷船逃跑，有人发现船只遗失，那么我在下游的下一座村庄肯定会落网。

在公路的远端有一辆农用拖车，背朝着麦田的边缘。我跪在拖车后面观察路人。已经开始有人出现，田地里有一些农民，路上有一些过往者。我希望能够从过往者那里获得帮助；或者至少通过对他们进行观察，得到一些如何自助的灵感。

有一名工人开车前往镇上的某个小工厂，我几乎就要开口和他说话。他面相诚实厚道——但大多数人都是这种面相。我根本没有理由猜测他会保护我。两个闲逛者漫无目标地从我身边一道走过。他们看上去会有同情心，但面部表情就像惊恐的兔子一般，我不能相信他们。之后，有几名农夫向田地里走去，我只能祈祷他们不会朝我走来，否则，他们会将我戏弄一番，然后将我交给警察；他们看上去就是那种人。有一个可怜的人在咕噜着哀叹，此人一度燃起了我的希望。不过，痛苦在某种程度上与幸福一样神圣。无论如何，只要有加剧痛苦的可能，人们就不会前去打扰。随后又来了一名工厂员工，接着来了一个高个子、弯着腰的人，带着一根钓鱼竿。他抄近路来到河边，在我着陆的地点不远处开始钓鱼。他的脸上带着忧郁和精明，还有一股力量。我决定再观察观察他。

他们对于国家的观念令人生厌，但也有值得欣慰的一面。这个观念催生了如此多的受孤立者，如果这些人能够有一些耐力，也不会长期孤独寂寞。国家的流离失所者都被清洗到不被承认、无名无形的帮会之中。这些贱民在互相帮助方面能够做的并不多，但他们至少可以相互依靠，保持沉默。我想，黎明时分正是这些贱民走出来的时候。在早上，人们在内心里将抨击的目标鄙夷地指向贱民；在晚上，人们可能会休息，尽情享乐。贱民对这些都不在意，但不能被剥夺日出之前的宁静。这个时刻属于亡命之徒，属于受迫害者，属于受诅咒者——人们生来就会感受到一丝希望，只要太阳即将升起的时候他身处空旷地带。我当时并没有产生这些想法。这些想法是我在奇妙和孤独的环境中进行记述的时候衍生出来的。不过，我还是通过这些想法恰如其分地说明我选准适当目标的直觉，以及当时有众多目标可供选择的实际情况。

在路的远端无遮无挡，河岸上的遮蔽物也非常稀少，因此我不得不下决心向这名渔夫求助。我慢慢地、悄悄地穿过田地，向他走去。他更多的是在想心思而不是钓鱼。我从他浮子的角度能够看到，他已经钩住了浮子的底端，但完全没有意识到。

我走到他身后，向他打招呼，问他运气怎样。他突然站起来，将钓鱼竿的顶端指着我，似乎是不让我接近。我想他应该是很久都没见过我这般模样的人了；这里没有流浪汉。他虽然认定我为恶棍，但想想最好还是能安抚我。他向我道歉称他在钓鱼，还说想不出其中有什么问题。他尽最大努力表现出谦卑，但从他的眼神能够强烈地感受到勇气。

我向他伸出双手，问他是否知道怎么做。他一声不吭，等我接着往下说。

“喂，听我说!”我对他说，“我发誓，除了你之外，这个村镇里没有人知道我还活着。我需要手套、剃须用具和衣刷。别去买这些东西。给我旧的，但上面不能有标记，不然如果我被抓了，他们会追查到你这里。如果你不介意将手伸进我上衣内侧口袋，你就能找到钱。”

他说：“我不要钱。”

他脸上毫无表情，他没有任何表示。他的意思可能是，无论出多少钱，他都不会帮助逃亡者；他的意思也可能是，他帮助逃亡者不会收钱。下一步得由我迈出了。

“你说英语吗?”我问道。

我看到他的眼中闪露出一丝兴趣，但没有任何迹象表明他是否听懂我的话。我接着用英语说，我完全在他的掌握之中，因此没有必要隐瞒我的国籍。我希望我的外国口音或许能够打破他的缄默。

“我不会告诉你我是谁，做过什么。”我说道，“你不应该知道这些，这更明智。但只要没有人看到我们在一起说话，我想你为我提供帮助不会有丝毫风险。”

“我会帮你。”他用英语回应道，“你需要什么？”

我重复了我所需要的东西，并请他在可能的情况下再给我一副眼罩和一些食物。我还对他说，我是有钱人，他对收取可能需要的费用不要有疑虑。他拒绝了——带着非常亲切而忧郁的微笑——但他给了我一个英格兰的地址，如果我回到家，就可以向这个地址支付我觉得合适的费用。

“我该把这些东西放在哪里？”他问道。

“放在那里的拖车下面。”我答道，“别担心。我会在麦田里，注意不被人看见。”

他即刻向我道了别，随即动身。他一下子就和我完全分开了。他凭经验知道，最真诚的礼节就是不在烦琐的礼节上耗费时间。

路上的车流和人流在增加，我不得不等几分钟才能安全地越过马路进入麦田的隐蔽处。太阳已经升起，行人和生意也在增多——每次我抬起头，都能看见有许多人从河上的驳船里出来赶路，还有该死的自行车在悄悄地前进。

一小时后，渔夫回来了，但路上人来车往，他无法在不被发现的情况下将包裹扔到拖车下面。于是，他取来钓鱼竿，坐在拖车上，将鱼竿拆开打包，从而解决了这个问题。他站起身来，装作无意中将包裹落下。

拿到这个包裹极其困难，因为我根本看不见路上的情况，直到路人几乎和我面对面。我跪在麦田里，脑袋上下摆动，就像一位虔诚的老年妇女在默默祈祷和回应经文之间摇摆。我最终鼓起勇气，赶到拖车边。一辆接一辆的汽车从我身边驶过，但没有关系；真正危险的是某个步行者或者自行车手可能会出于兴趣，停下来和我说话。我背朝着道路，装作在鼓捣车轴。有一位女士向我打招呼，这是我自从被他们推下悬崖以来遇到的最惊恐的情况。我粗鲁地作了回应，她继续往前走。要等到路上彻底清静，这可真是让人恼火，但我需要有整整一分钟的时间能够避免被发现。我不能再冒险冲回到麦田里。我必须轻轻地走，将麦秆分开，避免在身后留下过于明显的踪迹。

最后，我安静地跪着打开那位佑护我的渔夫留给我的包裹，里面有一瓶兑了白兰地的牛奶、面包和冷鸡的最美味部分。他想到了一切，甚至在保温瓶里灌上了刮脸用的热水。

我吃完了他的食物，感到有力气照镜子了。我比自己预想的还要整洁；原因在于早上游了泳。但我还是认不出自己，让我吃惊的并不是那只曾经遭到重击的眼睛——那只眼睛闭着，肿胀着，很难看。让我吃惊的是另一只眼睛。这只眼睛从镜子里怒视着我，目光阴森、凶悍，似乎是某个富有生命活力者的眼睛，这种活力比我感觉的要强烈得多。我脸色苍白，到处都是凸起，就像是中世纪油画中的基督殉道者——还有像罪犯一样的胡碴。我感到惊异，如此恶劣的作物，究竟是如何在如此贫瘠和高尚的国土中培育出来的。

我戴上手套——软皮质地，这是上帝的恩赐，但尺寸太大了！随后，我剃了胡须，刷了衣服，穿在身上更整洁了。我的外套和衬衫带着棕色阴影，身上的血斑在我游向小岛的过程中就已经变淡，此刻更不容易看出来。我收拾干净，调整好眼罩，觉得自己更有可能引起同情而不是怀疑。我看上去像是一位贫困但受过教育的人士，比方说职员或者教师，在经过某次严重事故之后正在康复。毫无疑问，这才是我应该扮演的角色。

四

顺流而下

我准备就绪后，即刻离开麦田。此刻，我管不了留下的踪迹有多么宽，只要没有人看见我出现在这里。路上更安静了；已经没有人和车辆进出乡镇。这条路已成为伟大人生的大动脉。卡车和小汽车飞驰而过，穿梭中带着悠闲的喧嚣。司机们对于这段 1 英里的道路没有任何亲切之情，对于我这名孤独的步行者也没有任何好奇之心。我一瘸一拐地朝着乡镇的方向走了这 1 英里的路，尽量保持好的姿态，常常要停下来休息。必要时，我走得非常慢，非常端正，轮流倚着双脚，仿佛在等某个人。

当我恰好身处两排房子中间的时候，我极度紧张。那里似乎有许多扇窗户在观察我，街道上有这么多人。回顾当时的情景，我无法想象当时我经过 20 多个人，大多是正在购物的女人。不过，即使是在情况最好的时候，我还是有陌生环境恐惧症的倾向。即使是在伦敦，我也是不顾一切要避开人群。在牛津街，从郊区懒汉的人流中挤出一条路，对我来说真是痛苦。事实上，那座乡镇的街道和我自己国家的城镇相比，并没有显得更拥挤，也不是显得更空荡。按理说，我本不应该受到影响；但我似乎脱离人类社会已有好几年了。

我在第一个转弯处抄近道赶到河边，出现在铺平的人行道上，路边还有花床和音乐演奏台。我可以按照自己的步幅在此闲逛，不会引起注意。在桥下停泊着十多条小船。我在走到与这些小船并排位置的时候，在一座精美修饰的村舍看到了期待的告示——“船舶出租”。有个人靠在围栏上，敞着扣子，想着心思。他明显是在消化早餐，我误以为他在思考。

我向他打招呼，问道我能否租条船。他用怀疑的目光看看我，说他从未见过我，似乎我们的对话将就此打住。我解释称，我是一名教师，正在从车祸的伤势中恢复，医生要求我在户外待一个星期。他从嘴里拿出烟斗，说他不向陌生人出租船只。那么，他卖船吗？不，他不卖。原来如此，他显然不喜欢我的外观，也不想争论。

这时，从卧室的窗户传来尖锐的叫喊声：

“傻瓜，把那条平底船卖给他！”

我抬头向上看，在窗台上看见一位女士涨红的脸和硕大的半身模样，因恼怒而震颤。我用乡村教师的礼节向她致意，她下来了。

“傻瓜，他想要什么就卖给他！”她下了命令。

她如此庞大的身躯发出这么微弱的尖叫声，令人非常诧异。我想应该是之前他迫使她不耐烦地不断提高嗓门，直至一直保持最高的声调。

“我不认得他。”她丈夫愚蠢而粗鲁地坚持道。

“那好，你到底是谁？”她尖声问道，似乎我之前一再拒绝回答。

我开始讲述我的故事：我因为行走不便，于是想到利用休息日沿着小河顺流而下，从一座乡镇前往另一座乡镇，实现我年轻时的梦想。

“你的行李在哪儿?”那个可恶的船夫问道。

我拍拍口袋，保温瓶和剃须用具在里面凸出来。我对他说，我只需要一件长睡衣和一支牙刷。

听了这话，那位老女人再次走开了。她的尖叫声就像是乳猪与褥草隔开时发出的声音。

“你认为他会带着箱子旅行?他是个正常人，不是那种愚昧无知的无耻懒汉，在会所、制服和妓院糟蹋钱。他恐怕宁可沉没在河里，也不会举手表示放弃。他应该有条船!便宜点给他!”

她一步步踩到河水边，向我指着那条平底船。船很不错，可是太长了，很不灵便，像我这样没法坐着划桨的人难以操作。售价不便宜。她的要价大约是公平价格的 2 倍。很显然，她的仁慈绝不是无私的。

那里有一艘 12 英尺的小艇，带有 1 张红色的帆。我问她这条艇卖不卖，她说小艇对我来说太贵了。

“我结束旅途后再卖掉它。”我回答道，“我还有些钱——我的事故赔偿款。”

她让丈夫竖起桅杆，升起帆。那个船夫非常讨厌我们俩人！他信誓旦旦地声称，我肯定会淹死，他老婆会遭受指责。小孩不会自己淹死的。那条艇正是我想要的，它几乎就相当于玩具，但在顶着风向的时候会有很大的作用。而且，它体积不大，如果我放开缭绳，让艇顺水漂浮，艇身也不会造成阻碍。我知道，我必须过些天才能做到抢风调向。

就在她朝着丈夫咆哮的时候，我取出钱包。我不想让他们看到我有多少钱，也不想让他们吃惊地看着我戴着手套摸索。

“好啦!”我递给她一沓钞票，说道，“我只能出这么多。告诉我卖还是不卖。”

我不知道这些钱和她打算的要价相比是多还是少，但这对我来说几乎只是相当于拔根牛毛。她惊奇地看着我质朴的乡村气质，开始讨价还价，但也只是表面敷衍一下。我安慰她说，毫无疑问她是有道理的，但我只能出这么多钱买那条艇。她理所当然地收下了钱，给我开了收据。5 分钟后，我出现在河中。我想他们一定在疑惑，这个离奇的教师为何会选择跪在艇的底板而不是坐在座板上，为何不把外套好好缝补缝补。

我在河的支流和干流上度过的日日夜夜，基本没什么值得记述的。我已经脱离了紧急危险，对此时的处境感到满意——比现在要满意得多，尽管我还是独自一人。我已经消失了；只要我不是被迫出示证件，就没有理由“现身”。我所需要的就是耐心，这很容易做到。我平静地恢复力气，装作身处康复期的病人。事实上，如果我把自己当作是正在康复的病人，确实会有助于我恢复。我在河上偶尔遇到其他人，或是在河边昏暗的小酒馆用餐时，我会东拉西扯一些事情，比方说我遭遇的车祸，我的小学，我的女管家，我喜欢的学生。而我几乎把这些事情当真了。

从黄昏到拂晓，我将小艇停泊在平静的河域，选择地势高、多沼泽或者丛林密布的河岸，避免有人出来向我质询。起初，我喜欢将艇停泊在沟渠和回流，但遇到一名农夫引着马到我的临时停泊处饮水，还一口咬定我是嫌疑分子。这种“两栖动物”的习性造成的危险，给我留下了深刻印象。我需要承受的最大困难就是降雨。在浸透了一夜之后，我感到清晨薄雾的寒栗。我搞不到胶皮，但最后买到了防雨帆布，能让我避免受潮，帮助保暖，只是不太舒适，而且太重太硬了，特别是我需要用双手折叠和打开。只有在持续降雨的时候，我才不得不使用它。

在第一个星期，我仅仅前进了 60 英里。我的目标是恢复而不是赶路。我不去冒险，也不耗费精力。我在驾艇或者漂浮的时候只能跪着，睡觉的时候只能俯卧在横座板上，直到大腿后侧结了一些硬痂。这限制了我的速度。我不能划桨。

在第二个星期，我考虑设法购买舷外马达，但及时放弃了这个想法。我发现，要购买发动机和汽油，必须签署许多文件，这足以让那些听说过我的政治机构或者行政机构把我抓起来。我必须得说，他们已经让违规者的前途异常艰难。不过，在紧邻的乡镇有一座旧式的院子，我在那里买到了类似于商用的四角纵帆，另外还安装了一张小型的前桅大帆。此后，我载着自己的储存物品，再也不用去城镇和乡村了。我借助新的船帆和水流，有时一天可以前进 40 英里——更重要的是，我可以避开驳船和拖船，这些船将这条河视为它们自己的领地。

在沿着河顺流而下的整个过程中，我在考虑最终从这个国家逃出来的问题。我想到了 3 个可能的办法。第一个办法是继续航行，碰运气。这显然非常冒险，因为只有快艇才能从近港的巡逻船旁边滑过去。我只有被迫调头，要么就是被当作嫌疑分子，要么就是被视为愚昧无知的傻瓜，不允许乘坐小艇——

我驾驶着这条12英尺长的小艇，要想在这条距离短、风浪急的支流上躲过这一劫，运气不会好。

第二个办法是堂而皇之地登上客船或者列车，自信地期待我的名字和情况描述不会被送到边防警察处。要是在早一些时候，我如果有力气，可能会这么尝试。但我的缓慢航行已经进入了第三个星期，即使对我的尸体进行了最大范围的搜索，似乎也应该已经放弃了。他们会推测我还活着，该死的官员们都在祈祷能够找到我，使他们自己获得提升。

第三个办法是在码头徘徊，瞅准机会混上船，或者偷一艘船，或者看到某位朋友的游艇。但这需要时间——我不能睡在旅馆里，否则得向管理人员出示证件；我也不能睡在露天，否则得向警察出示证件。不管怎样，我必须在抵达港口时随即采取行动。

当然，此时我的想法很愚蠢。逃离该国的办法实在是太过简单。即使是一个偶然碰上警察的孩子，也能即刻想到。但我在心里还是把自己当作一名处于康复期的教师，或者是个幽灵。我已经放弃了国籍，忘记了自己可以召唤起同胞们的忠诚。我差点扔掉了自己的英国护照，以为无论是什么证件都不会比我自己的更安全。我刚看到码头，就发现有英国船只。我意识到，我只需向恰当的人选好好讲述自己的故事，就能被带上船。

五

躲进开往英国的船上

我将小艇停泊在一座公用栈桥，然后上了岸。我犯了一个糟糕的错误，没有将艇沉没——我当时确实想到应该这么做。不过，我不想这条与我亲如朋友般的小艇腐烂在令人厌恶的工业河底，更不用说将艇开回到河里，找个僻静之处，在不被人注意的情况下将它凿沉。

我在路过的第一家廉价成衣商店给自己买了一套普通的蓝色毛哔叽服装，在公共卫生间换上身。然后，我在另一家服装店将旧衣服卖掉——这似乎是不留痕迹的最佳处理办法。如果这些衣服被买走，那么买主肯定是最贫困的工人。他将会在我最喜欢的外套里意外地发现廉价物品，这件物品能够让他维持终生。

我在码头上徘徊，和两名英国水手交谈。发起谈话的方式经过了多次的尝试（这已经让我花了许多六便士银币）——“比试比试?”我们一起喝酒。他们两人都不在驶向英格兰的船上工作，但他们有个朋友在柴油机船上，那艘船将在下周开往伦敦。

这位朋友加入了我们，一起坐在长凳上。他来自于律师界，对我有些戒备心理。他认为我是水手们所在教区的牧师，只是伪装成老实的工人。我用两杯双份的威士忌酒以及有趣的低俗笑话打消了他的怀疑。他认为我这人很不错，于是同意谈谈他的职员。船长似乎拘泥于细节的正误——认为如果忘了清理半便士的印记，就会失去他的票签。不过，大副文恩先生很有趣，有魅力；我从他牵强的笑容中意识到，这位朋友认为大副是一位严厉的监工，但赞赏他热情的性格。这个文恩显然就是我所需要的人。是的，如果我赶紧点，就可能会撞见他，因为他前一天晚上外出得很晚。

这艘柴油机船不大，比过山车大不了多少。这艘船停泊在漫无边际的带状码头旁边，灰白相间的艏楼前方朝着空空的大型不定期货船的载重线，就像一条灵巧的猎狐犬与牧羊狗相结识。

两名码头警察就站在附近。我背朝着他们，向甲板拼命挥手。

“文恩先生在船上吗？”

厨师正在舱盖上削土豆，眼睛盯着膝盖之间的水桶。他抬起头来回应道：

“我去看看，先生。”

这一声“先生”让我感到好奇和欣慰。我身着褴褛的异国服装，脚上的鞋也很脏，但厨师看了我一眼就觉得我有着某种地位。他肯定将我描绘成一位绅士，文恩会觉得他应该见我。

我之所以说是“某种地位”，是因为我无法肯定。界定为上层社会或者统治阶层毫无意义。如果说上层社会有什么具体含义，那么应该意味着“有地产的乡绅”，这或许也属于“某种地位”，但只是其中的一小部分。我认为统治阶层应该是指政客和官吏——这个措辞有些自相矛盾。

我希望关于“某种地位”能够有某种解释。我们在政治上崇尚民主——或者我是否可以说，我们身处寡头统治的国家，但各阶层也接纳有才干者？按照马克思主义的理解，这至少是个有阶级意识的国家。具有阶级意识的民众，指的是那些希望但并非具有“某种地位”的人们：具有校友情结的城郊部队成员和他们的妻子，特别是他们的妻子。然而，我们还是有着深刻的阶级界限，这种界限处于持续进行的状态之中，无视相关分析研究。

哪些人属于具有“某种地位”的人？我之前并不知道，直到和他交谈后才即刻明白。我想，这并不是说话口音的问题，而是嗓音优雅程度的问题。这显然不是衣着的问题，而可能是神态举止的问题。当然，我谈的不是乡土社会，绅士与粗人的界限完全就是受教育问题。

我应该愿意让社会党评论员向我解释，为何英格兰的无产阶级成员无论按照哪种标准都属于这个阶层（即根据职业属性和贫困程度），但仍然属于具有“某种地位”的人；而其他一些人虽然可以称为显赫的资本家或内阁大臣，或者同时具有这两种身份，但如果来到民众当中，就不可能有地位，至多被带到高级酒店。

我对这种分析推理感到担忧。当时我正希望能够灵机一动想到某种新的办法，抹去我的身份。我在说外语的时候，可以毫不费力地掩盖自己的阶层、背景和国籍。但是，当我和英国人说英语的时候，我即刻就会被确认属于哪个阶层，我希望能够避免这样的结果。如果能够确定所属阶层，我或许知道如何确定。

文恩在客舱和我见了面，他是一个朝气蓬勃的年轻人，约二十岁出头，一头褐色的卷发，帽子扣在后脑勺上。他的单间卧舱很紧凑，舱壁上挂着女人的照片，有些照片是从周刊的插页上剪下来的，有些则是他自己展示的，还写有各种语言的文字。很显然，他在陆地和海上同样努力。

我们握了握手，他随即说道：

“我以前没见过你，是吧？”

“没有。我是从一位船员那里得知你的名字的。听说你明天出海。”

“哦？”他谨慎地问道。

我把护照递给他。

“在我们进一步交流之前，我想你能明白我是英国人，就是我向你表明的身份。”

他看看我的护照，再抬起头来看看我的脸和遮光眼罩。

“没关系。请坐，好吗？先生，你好像有什么麻烦。”

“上帝啊，我确实有麻烦！我想离开这里。”

“弄张船票？如果我能决定，那没问题。但我担心老板……”

我告诉他，我不想要船票。我不想让他和船长担这么大的责任。我想的是在船上找个安全的地方藏起来。

他摇摇头，建议我试试班轮。

“我不敢冒这个险。”我答道，“告诉我躲在哪里。我用名誉向你担保，在开船期间以及我下船的时候，没有人会发现我。”

“你最好再和我说具体一点。”他说道。

他又靠到椅子上，跷着二郎腿。他的脸上带着严肃庄重的神情，但他神气活现的姿势表明他很快活。

我向他编了个故事，但截止到当时还是真实的。我对他说，我和这个国家的当局有着不共戴天的矛盾；我驾着小艇顺河而下；我向领事求助，但根本没有用。

“我可以把你安置在储藏室。”他含糊地说道，“我们准备空载回国，你在船舱里没有地方可以躲藏。”

我表示储藏室太危险了，我不想冒任何风险让自己被发现，让整艘船遇到麻烦。这番话似乎给他留下了深刻印象。

“好！”他回应道，“如果你能够忍受，还有一间空的淡水舱，我们从未用过。我可以撑开盖子，这样你可以呼吸一些新鲜空气。不过，先生，我估计你曾经睡过更糟糕的地方，所以我才想到这个办法。”

“你知道我的名字？”

“当然。我不会为所有人都这么做。”

尽管这样，我想他还是会的，只要讲述的情况引起了他的好感。

我问他何时可以上船。

“现在就可以！我不知道谁在轮机舱里，但除了厨师之外，没有人在甲板上。我只是得对付警察！”

他等着这两名警察朝着码头上游走了200码的距离，然后开始挥手高呼“再见”，仿佛有人刚刚在仓库之间消失一般。两名警察向四周看了看，然后继续闲逛。他们没有理由怀疑，在他们背朝着这条船的时候会有来访者离开。

文恩让厨师到岸上买一瓶威士忌。

“你会需要在水里兑一些东西。”他咯咯地笑道，仿佛因为他自己不必经历这次冒险活动而极度开心，“我在打开淡水舱盖的时候，不想他在身边。你在这里等着，别拘束。”

我问他，如果有人出乎意料上了船，发现我在他的客舱里，我最好怎么解释。

“解释？哦，告诉他你是这个女孩的爹！”他指着一个傻笑的年轻女子照片，这个女子害羞地伸着腿，像是在为丝袜做广告。“如果是这样，我肯定是在其他地方有些急事，很可能会在水舱里！”

他把帽子扣在一只耳朵上，吹着口哨走出客舱，有意表现出一副无所谓的神情。他的女人们可能都知道，这副神情意味着他在设计一出戏。不过我非常肯定，他会慎重行事。他的表演既是自娱自乐，也是为了我这个正在犯罪的伙伴。对于世界上的其他人来说，他就是这艘船的负责官员。

他 10 分钟后回来了。

“赶紧！”他说道，“警察刚刚转到拐角处。”

我们确实得赶紧。淡水舱的入口设置在海图室后墙和横着吊挂在船边的救生艇之间的后甲板，高度与码头平齐，在码头可以将入口的情况尽收眼底。我们急忙向四周看看，随后我迅速进入这片只有 6 个棺材大小的空间区域。

“过一会儿我会让你惬意些。”他说道：“大概两小时之后会有憩流。”

我已经足够惬意了。自从我驾着小艇在河上航行的第一个星期以来，我从未感到如此放松。淡水舱里的黑暗和周围六面舱壁让我即刻间有了安全感。我在猎杀行动之后进行过躲藏，但与野外松软的草地相比，冷铁质地的封闭舱室具有更好的保护作用。这是我的第一个窝点，我想这让我产生了建立第二个窝点的想法。

在退潮的尽头，当后甲板的水平高度完全降至码头边缘以下时，文恩出现了。他带着毛毯、靠椅垫、水、威士忌、饼干以及有盖子的水桶，供我个人所需。

“你惬意得就像毯子里的小虫！”他高兴地断言道，“还有，我给你弄了个安全阀。”

“什么安全阀？”

“我拆开了出水管。你看得见光吧？”

我低头沿着舱室底部的一小截水管仔细看，确实看到了光。

“这是在船长盥洗室的墙上。”他解释道，“我之前不知道那里可以接到淡水。这种节省劳力的船舶最糟糕的地方，就是人们根本没有时间去弄清楚这些小玩意儿。现在你有了这截水管，就有了进气口。如果老板注意到入孔，我得暂时把它拧紧，你就会安然无恙。”

“你们在哪里进港？”我问道。

“我们沿河而上，前往旺兹沃思。我会告诉你什么时候可以安全地溜上岸。”

我听到甲板上的脚步声——在舱室里可以听到触摸或者敲击甲板的任何动静——文恩不见了。我之后再也没有见到他。

六

到达伦敦

我心神不宁地打着瞌睡，直到所有的噪音全部静下来。我猜想，此刻所有船员都已上了船，准备过夜。随后，我踏踏实实地睡觉，直到被上方和下方沉重的靴子踩踏声吵醒；这时已经到了早晨，我可以在两根管子的尽头看见亮光。入孔最终被拧紧，我不喜欢这样——并不是因为多少有点发生窒息的危险，而是我突然想到，假使文恩被冲到海里，我只能一直在舱室里待着，直到船长发现（难得他能发现）只要连上管子就可以在澡盆里接满热水。这种担心实在可笑，喝酒能够比自我克制更快地消除忧虑，于是我给自己倒了一杯烈性威士忌，吃了点饼干。

随后，我们开始起航——很明显的一阵刺耳声，就像 100 只铁猴在壁球场上玩捉迷藏。几小时后，我的入孔被打开，并且固定住。一根冷羊排突然扔到我的肚子上，羊排上附着一张便签而不是褶边。我啃着羊排，跪在一丝光亮的下面读着便签上的信息。

我真想能够给这位朝气蓬勃的文恩先生一些令人信服的证据，证明他正在为国家效力，而不是为我个人（我不能称自己是“罪犯”）提供帮助。如果说犯了什么罪，那么这些罪行是犯在我的身上。但正如我所说，我并不责怪他们。他们有充分的理由认为，他们抓住了一名刺客。

他们的警察组织非常出色；但对于林业官员来说，搜寻我这个在爬行、在流血的瘸子只是一项临时性任务。我估计，直到最后一两天，对我尸体进行的彻底搜索最终证明可能是徒劳，下议院才将搜索范围扩大至公路、铁路和河流，并且得知我装扮成教师，戴着眼罩和手套，驾着小艇。随后，警察开始行动。

我猜想，警察没有抓到我，是因为他们刚刚开始搜寻那艘带着红色船帆的小艇，恰好错过了我换装船帆的小院子。不过，当某位官员注意到有一艘陌生的无篷小艇停泊在我可能无权系泊的地方时，这条艇即刻就会被认出来。

文恩表示，我到了伦敦的时候，麻烦恐怕根本没有终结。他的这个看法令我感到不安。我之前从未想过这个问题。当某人正处于竭力挣扎的境况时，他出于本能也不会考虑得太远。

我开始考虑，如果我公然再次出现在英格兰，将会发生什么情况。我完全可以肯定，他们不会向外交部和警察厅提出控诉。无论是我可能采取或者打算采取的行动，还是他们对我采取的手段，都不能公之于众。他们无法确定英国人会做出怎样的反应；没有人能够确定。毕竟，我们曾经因为詹金斯船长的耳朵进行过战争[①]——尽管与我相比，詹金斯更算是无名小卒，而且考虑到他违反了多项法律，他遭受的算不上是严重的暴行。

那么，他们会不会继续跟踪我？文恩出于他追逐冒险猎奇的品位，认为他们会这么干。此前我本人认为，一旦我越过了边境线，过去的事情就将过去了。此刻我意识到，这种乐观的想法太愚蠢了。他们不能去报警，这不假，但我也不能报警。我已经犯下了可以引渡的罪行；如果我控诉称遭到了折磨，就会迫使他们辩解为何我会遭到折磨。

---

① 詹金斯的耳朵战争是1739—1748年发生在英国与西班牙之间的一场军事冲突。根据1729年签订的《塞维利亚条约》，英国曾同意不与西班牙的殖民地进行贸易。为了确保条约有效落实，西班牙被允许在其领海范围内登上英国船只进行巡检。但是在1731年，英国商船“瑞贝卡号”船长罗伯特·詹金斯报称在加勒比海的西班牙海域遭到西班牙当局的人员登船搜掠，还将他的一只耳朵割下来。詹金斯船长返回英国后曾向英王申冤，而加勒比海的英军总司令亦曾就此事件撰写报告，不过事件最初没有成为舆论焦点。但到了1738年，詹金斯再度公开讲述其遭遇，而且还戏剧性地在下议院一个听证会上展示“相信是”自己被割下的耳朵。这次事件引起了舆论的广泛关注，下议院更有言论认为詹金斯耳朵被割，是被当众羞辱，牵涉国体荣辱。本来，英国国内已有声音希望能够在商业上和军事上主导大西洋海盆地带，詹金斯耳朵事件以后，要求对西班牙开战之声更是不绝于耳。尽管当时英国内阁无意开战，但备受压力下，首相罗伯特·沃波尔爵士最终在1739年10月23日对西班牙宣战。后来自1742年起，有关战争成为奥地利王位继承战争的一部分。结果西班牙帝国全胜。

此时的情况是：我在自己国家与在他们国家一样是逃犯。如果需要我死，很容易办到。即使他们无法伪造意外事故或是自杀事件，对于这起犯罪事件的调查也发现不了什么动机，或者发现的动机是错误的；同样，抓捕不到任何凶手，或者抓错了凶手。

随后，我想自己应该是把文恩漫不经心的说法当了真，这种担心很荒谬。我回过味来，他们为何要冒着不必要的风险，在我自己的国家把我干掉？难道他们猜想我可能会再进行一次这种远程暗杀行动，让他们担惊受怕？

我勉强认为他们可能真的这么想。他们知道，我这个人难以捉摸，如果我能选择，很可能会返回，再一次搅乱那个伟人的神经。至于我是否会做出这种选择，在我的对手（我不能称他们为“敌人”）中间会产生某些值得注意的真知灼见，认识到这种诱惑并非不可能。

入口没有再被拧紧。我躺在垫子上，这种不舒服的感觉和我在海上的遭遇差不多。我是一名优秀的水手，但即使是在头等舱，我还是会感到轻微的、令人疲倦的呕吐感，除了在舱室和图书馆之间往返踱步，或者在饮用开胃酒的时候虚弱地向同行乘客致意，其他什么都不想做。就此次旅途而言，好的方面是，我还没有遇到任何人；糟糕的方面是，我没有书。我只能在睡眠以及些许噩梦般的冥想中消磨时间。

柴油机的隆隆声和砰砰声，加之有规律的回响，仿佛远方部落的鼓声，向我昭示着船只正沿着上游朝着泰晤士河的方向前进。他们减缓航速，接上引航员。在格雷夫森德河段繁忙的水域，他们被轮机舱里的电报机折腾得心烦意乱、骚动不安。船只停泊下来，我猜想是停在桥下的某个地方，因为船漂浮得太高，无法在潮水顶端穿过上游。此时，柴油机让位于呼呼作响的电动绞盘。7 小时后，柴油机恢复了缓慢的敲击声。我猜想柴油机能够使船只载着我们迎流而上，穿过伦敦桥下的泰晤士河和伦敦金融区，越过威斯敏斯特和切尔西，直至被电报机支离破碎的节拍覆盖，最终完成航行任务。

此刻船上仍有撞击声和踩踏声，随后陷入宁静。过了一会儿，我的舱室靠向左舷，我想我们正停靠在旺兹沃思港。又有一张便签通过入口扔进来，并附有棕色纸包装的一副上等墨镜。

别从大门出去。有个家伙在盯着，我不喜欢这人的眼神。救生艇在右舷船尾下方。等到艇浮上来，我就立刻敲一下你的舱室，你赶紧逃走。你可以沿着马球总会的东墙朝着人流划行，我之后把艇取回来。祝你好运！

——R. 文恩（大副）

过了1小时左右，他敲了我的舱室入口。我站起来，伸开双臂和肩膀。事实上，我也只能站起来。在文恩的客舱里有一丝光线，还有人在大声说话；他在与更夫逗乐，以确保我行动隐蔽。我跳入救生艇，静静地划过河。穿过的粉色波纹，将伦敦的炫目光芒折射成树下的黑色水纹。只有一个男孩和一个女孩注意到我。在大都市任何一个黑暗的角落，都不可避免会看到这样的男孩和女孩。应该为他们提供更好的生活设施——例如恋爱公园，好色的牧师和上了年纪的公职人员应该严格禁止入内。但这种隔离更容易通过非文明的手段实现。任何一位能干的巫医都会宣布公园的戒律，除了适婚者可以不受约束。

此时已将近10点。我走向英皇大道，找到一家烤肉馆。我在此点了几乎所有的肉食，让他们放在餐柜上给我。我在等待的时候走进了电话亭，想给社团打电话。在我必须待在伦敦的时候，我总是待在社团。这一次我毫无疑问还得待在那里，除非我被拒之门外。随后我意识到，我不能给社团打电话。

我已经记不清当时我给自己找了什么借口。我想我当时可能告诉自己，太晚了，他们没有房间，我不想穿着那身衣服，在那种状态下穿过门厅。

吃完晚饭后，我乘坐公共汽车前往克伦威尔大道，寄宿在一家旨在为身处某种困境的贵妇人提供食宿的旅馆。服务员对我进入旅馆并不太在意。幸运的是，我有几英镑的钞票，他们有一间带有独立浴室的客房。一般的顾客根本付不起这么奢侈的房费，因此他们乐得让我住进这间客房。我给他们提供了一个假名字，并且编了个荒诞的故事，大意是我刚从国外返回，行李被偷了。为了消化吃下去的东西，我看了一叠早报和晚报，随后走到我的房间。

谢天谢地，那里的水是热的！我洗了记忆中最舒服的一次澡。我在一生中有相当多的时间无法洗到热水澡。不过，当我闲暇之余在澡盆泡澡时，我会感到奇怪，为何有人会主动放弃如此低成本、令人满足的惬意。我在泡澡时得到的休息和宁静，要比睡觉的效果更好。事实上，我在船上睡了这么久，以至于我泡澡以及在此期间的思索更像是发生在早晨而不是晚上。

我明白为何不能给社团打电话了。这是我第一次承认还有另一个敌人困扰着我的行动——我自己不公正、不现实的良知。我将自己视为一名潜在的凶手，这完全不公平。我坚持认为自己始终能够确定，当我瞄准目标时，我仍然能够控制住扣动扳机的诱惑。

如今，我有充足的理由感到有些不安。我杀了人，尽管是出于自卫。但另一方面，我没有任何理由感到不安。我可能不应该谈论良知；我的问题或许仅仅在于对自己所作所为造成社会影响的想象。这种心境使我无法进入我的社团。例如，我在给圣乔治造成所有这些麻烦后，该怎么和他说？我怎么能给同伴们造成不快，使他们被监视，甚至可能被质问？不，我当了逃犯，并不是因为我的良知（关于这一点，我坚持认为自己没有任何道理让自己苦恼），而是因为这些简单的事实。

浴室里不缺镜子，我对自己的身体进行了全面检查。我的双腿和后背一塌糊涂——我将一辈子带着一些离奇的疤痕——不过伤口已经痊愈，没什么需要医生帮助的了。我的手指看上去像是被挤进列车车厢门，然后被卷笔刀削尖，但事实上还可以活动，除了进行特别艰难、特别敏感的劳作。眼睛是我身上唯一需要检查处理的器官。我不打算让人乱折腾一气——我不敢为了进行定期治疗或者手术而放弃行动自由——但我想要一份医疗鉴定，再就是能够达到最佳效果的洗剂，不管是哪种。

七

伦敦的监视者

第二天上午，我兑换了身上所有的外币，给自己买了一套说得过去的现成套装。随后，我搞到了一份眼科专家名单，然后乘出租车在哈利街转悠，直至找到能够马上对我进行检查的医生。我告诉他，我在长途旅行刚开始的时候就把眼睛弄伤了，但此后一直无法进行医疗处理。当他完全打开眼睑时，他对我的疏忽大意和愚蠢无知大为光火。他断言，我的眼睛受到了烧伤和擦伤。我客气地表示同意，然后闭上嘴巴不说话。此时，他的角色从说教者转变为医生，开始静下心来工作。他坦诚地说，他无能为力，假使我能够辨别的不仅仅是光亮和黑暗，这已经很幸运了。总之，他建议我摘除眼睛，并出于外观的考虑换上玻璃假眼。他错了，我的眼睛虽然不好，但机能每天都在好转。

他不同意我不用绷带包扎就戴着墨镜四处走动，因此我让他用绷带将我的整个头部包扎起来。他在这一点上迁就了我，显然认为如果表示反对，我会有暴力倾向。我的目标是宁可让人觉得我的头被打破，也不愿意让人认为我的眼睛受损。他确信很熟悉我的面孔，于是我听任他认定我们曾经在维也纳见过面。

我的下一项任务是到林肯费尔兹俱乐部去会见我的律师。这位全权处理我个人财产的合作者是一位与我年龄相仿的男士，也是我的挚友。他与我的分歧仅有两点：一是我拒绝在任何惨淡经营的公司任职；二是我坚持认定我有权在农业方面大量使用资金。他不介意我在其他方面的开支，并且能够从我的旅行和奇特的爱好中感受到乐趣。他本人也希望过一种不太刻板的生活，主要表现在对衣着的喜好。在白天，他身着色调暗淡的盛装，近年来甚至喜欢穿黑色丝袜。到了晚上，他会换上花呢套装、毛衣和领带，简直要把报社记者吓着。人们无法让他为参加宴会换装。他宁可拒绝邀请。

索尔以关切而不是诧异的神情迎接我，仿佛他已经预见到我会突然出现，而且穿着比此刻还要破旧不堪。他锁上门，告诉他的业务经理不得让人打扰我们。

我让他确信我很好，缠着的绷带是必要包扎长度的4倍。我问他都知道些什么情况，有谁打听过我。

他说，圣乔治曾经装作不经意地问过，几天后有人来向他咨询适用于《已婚妇女物权法》的某些不可思议的纠纷。

索尔称："此人完完全全就是西英格兰退伍军人的模样，以至于我都不敢相信。他自称是您的朋友和邻居，并且一再提到您。我对他稍微进行了一些盘问，发现他似乎是临时抱佛脚地看了一本法律书籍，实际上是在打探消息。他自称是奎武·史密斯少校。您听说过他吗？"

"从来没有。"我回答道，"他肯定不是我的邻居。他是英国人？"

"我想也是。您认为他不是英国人？"

我说，我不想回答任何无关痛痒的问题，他毕竟是法院官员，我不想把他牵扯进来。

“跟我说这么多。”他说道，“您在国外是受雇于我们政府。”

“不，是我自己的业务。但我不得不消失。”

“您不应该把警察想得那么没有头脑。”他委婉地提醒我，“像您这样的地位，毫无疑问会受到保护。您在国外这么久，我认为您并没有意识到自己名字的威力。您知道的，您自然会受到信任。”

我对他说，我和他一样了解自己的民众——可能了解得更多，因为我长期在国外，足以从旁观者的角度去观察他们。但我必须消失。我可能会蒙受耻辱，这种风险确实存在。

这是个令人厌恶的措辞。我没有蒙羞，也不会有这种感觉。

“我能消失吗？我的意思是在经济上。”我问他，“你有我的授权委托书，对我个人事务了解得比我自己还要多。如果再度没有我的消息，你能不能继续处理我的个人财产？”

“只要我知道您还活着。”

“你这话是什么意思？”

“明年这个时候寄一张明信片就行。”

“X 表示我的窗户，这个是棕榈树？”

“只要是您自己手写的就行。您甚至不需要签名。”

“你不会被要求提供证明？”我问道。

“不会。如果我说您还活着，那么究竟有什么必要再提出质疑呢？不过，不要时不时地中断与我的明信片联系。您不能让我陷入可能需要圆谎的境地。”

我对他说，如果他收到一张明信片，就可能会收到更多。我在生活中只要有怀疑，从一开始就会写下来。

他发了火，说我荒唐可笑。他把辱骂和喜爱混为一谈，这种情况我在父亲去世后还没听说过。我认为他不会把我的消失看得那么严重。我想，毕竟他还是喜欢我的，就像我喜欢他一样，这已经足够了。他再次恳求我让他和警察进行交谈。他还坚持认为，我对于幕后操作的策略和微妙性一无所知。

我只能说非常抱歉。经过短暂的沉默，我对他说我需要5000 英镑的现金。

他拿出我的文件箱和账本。我的银行账户上还有 3000 英镑的余额；他自己另外开了 2000 英镑的支票。这就是他的风格——没有半点等着抛售股票或者安排透支的考虑。

“我们出去吃午饭，让这小伙子在银行？”他提议道。

“我想我将一劳永逸地离开这里。”我回答道。

“您可能被监视？好吧，我们马上来解决。”

他派人去叫皮尔。皮尔是一个头发灰白的小伙计，穿着灰色的小号套装。我只见过他清空废纸篓或是端茶倒水。

“皮尔，有没有人关注过我们？”

“在这里与雷姆南特街之间的花园里，有个人在喂鸟。他不是很成功，老板……”——皮尔自己冷笑了一声——“尽管在上周的办公时间，他就已经在那儿。我从普鲁斯和福泽吉尔那里了解到，在纽曼街上还有两个人。其中一人正在等一位女士从他们办公室出来——我猜想是一起婚姻案件。另一个人我们不认识。老板，我们注意到这人刚刚从出租车里出来，就立刻与喂鸟者进行交谈。”

索尔对他表示了感谢，然后让他出去给我们带些啤酒和一只寒鸟。

我隐约想起皮尔无事可做的时候靠在屋顶矮墙上的场景，就问索尔，皮尔是从哪里进行观察的。

“上帝啊，他根本就没有观察！”索尔惊叫道，似乎我提出的是一个严重的不当之举。“他只是认识有可能在林肯费尔兹俱乐部徘徊的所有私家侦探——我想他和这些人的关系非常好。这些侦探偶尔得喝点酒，随后他们会让皮尔或者其他公司的同僚时刻盯着。当他们看见非工会成员出现时，可以说，他们都能认得出。”

皮尔回来了，带着午餐，还有从高级酒吧柜台直接得到的一系列消息。喂鸟者一直在盯着我们的窗户看，还打了两次电话。当我的出租车经过时，在纽曼街上的家伙还向它打招呼。他将能够追随我的踪迹，找到哈利街和那家衣服店。在那里，他只要巧妙地问一些问题，就可以找个借口去看看我丢弃的衣服，我的身份就会完全暴露。不过这没有太大关系，因为监视者已经强烈地怀疑我可能是他们的人。

皮尔无法确定，另一名监视者是否被安插在纽曼街，也不能确定林肯费尔兹俱乐部的其他出口是否也受到了监视。我确定这些出口正在被监视，并向索尔抱怨道，所有体面的律师事务所（这些律师事务所处理的事务要比奸猾狡诈的同行经营的业务棘手得多）都应该设有后门。他回答道，他们并不像看上去那么愚蠢，皮尔能把我带进林肯律师学院或者法院，然后让我彻底脱身。

或许我之前就应该相信他们。但我的感觉是，虽然他们的把戏可能足以摆脱某个私家侦探，但我不会那么容易逃脱。我决定按照自己的方式迅速摆脱追捕。

我戴着手套继续吃东西。此时，索尔放下了他的刻板和谨慎，开始表现出朋友般的焦虑。我想他怀疑我之前发生了什么事，但不是事情发生的原因。我只能恳求他彻底放下这个话题。

午饭后，我签署了一些文件，整理了零碎材料。我们设计了一个计划，这个计划我之前常常和他探讨，即建立某种租户合作社。我从未用土地赚过钱，我想他们可能也会自己缴纳租金，自己维修，自己进行借贷，并且有权按照委员会确定的价格，以分期付款的方式购买自己的土地。我希望这个计划能够产生效果。至少索尔和我的房地产商将避免相互争吵。我没有其他家眷。

随后我对他说了些关于渔夫的事情，并且把渔夫给我的地址转交给他。我们准备了一笔收入，将用在能够发挥最大作用的地方——通过一种谨慎的委托，避免我本人可能被追踪到。

这可能是来自于一位刚刚去世的老年妇女的房地产，这位妇女将大部分资金交给了一家社会事业机构，为鹦鹉接种预防鹦鹉热的疫苗，剩余资金则交给任意一家慈善机构。索尔作为唯一的受托人，或许能够指定交给哪家机构。

再没有什么需要做的了。我将现金塞在腰带里，然后道了别。我对他说，不管什么时候，如果有法医对我进行验尸，并做出自杀的裁定，别相信他，但不要企图让这个案子进行重新审理。

八

摆脱跟踪

皮尔和我一道穿过广场，从盖特街走进金斯威。我注意到有人在跟踪我们——那是一个高个子的男子，似乎没什么恶意，穿着脏雨衣，戴着破旧的毡帽，他就是那个喂鸟者。他看上去就像那种人。我们还看见雷姆南特街有一名军人，神情愉悦的样子，穿着骑马套装，裤子比流行的样式要窄。皮尔一下子认出了这个人，他就是奎武·史密斯少校。因此我知道，我在路上至少必须迅速摆脱这两个人。

我们在霍尔本地铁站分了手。我买了 1 先令的车票，可以前往伦敦的最远端。喂鸟者已经赶到了我的前面。我在伦敦市中心的位置从他身边经过，然后乘自动扶梯下行搭乘西行的皮尔迪利地铁。我在到达站台 10 秒钟后，奎武 · 史密斯也出现在站台上。他在盯着广告看，看到滑稽部分时咧着嘴笑，就像他已经有 1 年不在伦敦了。

我装作忘了某样东西，箭一般地冲出了出口，爬上楼梯，穿过走廊，来到北行地铁的站台。此时没有地铁进站。即使有地铁进站，少校在我身后太近，根本无法在抓住我的同时自己保持站立状态。

我注意到奥德维奇站的穿梭地铁驶离站台的对面。这使我又有一条逃离的渠道，如果能有两列地铁同时进站。

自动扶梯将我带回到伦敦市中心的水平高度。喂鸟者正在车道交叉路口的玻璃房里和那个小家伙说话。我称他为收票员，但他好像没有收过车票；他可能在那里回答一些愚蠢的问题，就像喂鸟者忙着不停地提问题。我搭乘第二节自动扶梯来到地面，然后再度立刻飞奔。

喂鸟者跟着我跑，但晚了一点儿。我们在中途相互经过对方，他往上跑，我往下跑，两个人都在拼命跑。我想我能赢过他，我可以在他之前赶上伦敦市中心的地铁；但他不冒任何风险。他越过隔栏，赶到静止的楼梯。我们都抵达了终端，两人之间的距离仅仅源自于我搭乘自动扶梯的额外速度——我和他仅相距 10 码。玻璃房里的那个人意识过来，叫喊道："喂！你知道你不能那么干！"但这并没有影响到喂鸟者，他很乐意留下来与那个似是而非的收票员讨论他的反社会行为。我已经右转进入皮卡迪利线，朝着奎武·史密斯少校守候的地方跑去。

在皮卡迪利地铁站自动扶梯的底端，向左转可以搭乘北行的地铁，继续直行则可搭乘西行的地铁。右侧是出口，有一位老年妇女带着两个包裹，竭力从蜂拥而出的旅客人流中挤进来。奎武·史密斯少校已经取道向左，身处北行地铁的通道口。于是我跟着那位老年妇女挤进人流，早早赶在他的前面摆脱了人流。

我继续奔向北行地铁的站台。奥德维奇线的地铁刚刚进站，但没有皮卡迪利线的地铁。我急速跑向奥德维奇线，下至西行地铁的站台，进入通道，将他挤到另一波蜂拥而出的旅客人流之中。然后，我返回到北行的皮卡迪利线。那里刚好停着一列地铁，而奥德维奇线的地铁尚未驶离。我跃进皮卡迪利线的地铁；少校还远远在我身后，他只得赶在地铁门关上之前进入另一节车厢。此刻我又从地铁里出来。这样一来，我在将少校送往某个未知地点后，自己登上了奥德维奇线的地铁。这列地铁随即驶离，开始了半英里的行程。

所有这些都是在快速行进中完成的，我没有时间去思考。我本应该横跨进入西行的皮卡迪利线，乘地铁前往蓝区。但这也很自然，我想尽快离开霍尔本地铁站，担心如果耽搁就可能会碰上喂鸟者或是其他未知的监视者。在登上奥德维奇线地铁半分钟后，我才意识到自己恐慌得就像窝里的兔子。仅仅是两个跟踪我的“白鼬”，就被我的逃避机能“夸大”成无穷多的“白鼬”——这可是实实在在的逃避机能，比我的智力反应快得多。

地铁抵达奥德维奇站，我走向电梯，发现此时返回霍尔本还不算太晚。喂鸟者可能还在伦敦市中心的水平高度，他认为假使他离开片刻，就可能被我摆脱。无论发生什么情况，奎武·史密斯应该没有时间给任何人打电话。

我往回走，重新进入地铁。旅客们已经坐进了一节车厢，站台一览无余。不过，有个戴着黑色帽子、穿着蓝色绒布外套的男子也跟在我后面进来了。这表明当我往回走的时候，他也在往回走。

到了霍尔本地铁站，我继续坐着，验证我的怀疑是否正确。是的，千真万确。黑帽子下了地铁，在站台上闲逛一会儿，在车厢门关上之前又上了地铁。对我来说，他们也太狡猾了！他们显然要求黑帽子在霍尔本站和奥德维奇站之间往返穿梭，并且连续进行，直到我进入那节该死的车厢，或者他们给他发出信号，表示我已经从其他路线离开了。我所做的只是将奎武·史密斯“送往”布鲁姆伯利，毫无疑问，他已经从那里乘出租车前往某个中心节点，从那里通过电话掌握关于我动向的所有消息。

地铁再次驶离前往奥德维奇站，黑帽子坐在车厢后部，我坐在车厢前部。我们尽可能保持远距离。我想，尽管我们都是潜在的刺客，但还是相互之间感到尴尬。上帝啊，我希望他能坐在我的对面，或者以某种方式表现出比我更没有人性。

奥德维奇地铁站是个死胡同。旅客只有乘电梯或者紧急疏散楼梯才能离开。不过，我想我有一种非同寻常的机会脱身。

车厢门打开时，我冲上站台，随即离开向左绕到拐角，登上几节楼梯。不过，我并未再往前走 10 码远，而是向右转登上电梯。我进入了一条空旷的小巷子，这条巷子我在之前散步时注意过。

这里没有任何遮挡。不过，黑帽子的行为正如我所期望的那样。他沿着通道飞奔而来，在旅客之间穿行，眼睛盯着正前方，然后跃入紧急疏散楼梯。收票员叫他回去。他叫喊着，问之前是否有人从楼梯上去了。收票员反问道，可能吗？于是，黑帽子进了电梯。等到他到了那里，用眼睛扫视旅客时，我已经出了巷子，返回到站台。

地铁还在站内。但如果我登上地铁，黑帽子也能赶上。通道距离很短，只是有两个直角拐弯。他落后我的时间不会超过 5 秒钟。我跑到这条地铁线，然后躲在隧道里。除了地铁司机之外，其他工作人员都看不到我。而司机正在最前面一节车厢的驾驶室里。站台当然是空荡荡的。

在奥德维奇地铁站的前方，好像有大约 50 码长的直行通道，然后是曲线通道，墙壁在灰暗灯光的闪烁中隐约可见。至于通道通往哪里，或者在曲线之后止于某个奇异的天井，我就没有时间去探察了。

黑帽子仔细查看地铁车厢，看到我不在里面。地铁出站了，呼啸声逐渐消失，留下了一片寂静。我尚未意识到，黑帽子和我独自待在伦敦地面以下 100 英尺的地方。我身体舒展着靠在隧道最黑暗处的墙上。

奥德维奇地铁站的运转非常简单。就在地铁预计到达之前，电梯下落。离站的旅客离开电梯登上地铁；到站的旅客登上电梯。等到电梯上升和地铁离站时，奥德维奇地铁站又像古往的矿井一样冷清。你可以听到水滴声和自己心脏的跳动。

我仍然能够听到这些声音，还有脚步声、他的尖叫声以及特有的令人局促不安的嗞嗞声。这些声音在隧道里回荡，让上帝知道它们来自哪里。这是个奇特的地方，会让人的灵魂意识到自己在漂泊。

这是在自我防卫。他有电筒和手枪。我不知道他是否打算使用这些家伙。也许他只是害怕我，和我害怕他一样。要么我径直爬向他的脚下，然后扑向他？上帝啊，我这是想找死！假如我再能有土地，我发誓我将不会弄死地下的任何一个生物。

我解下头上的绷带，放在口袋里；帽子下面那么一大片白乎乎的东西，太惹眼了。随后我出来了，穿过站台进入通道，爬上紧急疏散楼梯的转角。电梯刚一落下，我就混在离开的旅客中间等候地铁。地铁进站时，我和到站者一起登上电梯。我交出了 1 先令的车票，收票员惊讶地瞟了我一眼，因为从霍尔本到该站的车费只有 1 便士。不然我只能装作丢了车票，得付现金；但这只会招致更仔细的检查。我无拘无束地离开了地铁站，没有人监视，不慌不忙，然后乘公交车返回优雅的肯辛顿广场。有谁会在克伦威尔大道与富勒姆大道之间搜寻逃亡者？我悠闲地吃了饭，然后去电影院想想办法。

九

决定前往多塞特郡

在如今处处需要签证和身份证的年代里，人们出行不可能不留下任何踪迹。通过耐心、贿赂手段以及查阅公众记录，就可以对这些踪迹进行整理。但在1925—1930年的快乐年代里，你可以凭借三寸不烂之舌越过任何西欧国家的边界，只要你形象体面，能够对自己的行动和业务提供一些有据可查的细节。你可以将边防警察视为正派、按常理做事的人士：当时他们可以借助这两种美德随心所欲。但如今，除非出行者能够受助于某个组织——颠覆性或者慈善性组织，边界已经能够有效地拦阻那些不方便或者不可能出示证件的人们。即使能够在不留下记录的情况下越过某个边界，就算是最边远的村庄，人们也无法在无须自圆其说和出具身份证据的情况下生活。因此，欧洲对我来说只是一个延迟行动的陷阱。

那么，我能去哪里？我随即想到在船上找份工作，目前海员数量还存在缺口。但我的双手处于这种状况，不宜去拜访海运事务所。我打消了作为偷渡者进行长途航行的想法，也否定了悄悄登上货轮航行的考虑。我原本可以很容易地进行这种航行，但需要向某位朋友透露我在英格兰的身份和出现情况。而这是我希望不惜一切代价能够避免的。只有索尔、皮尔、文恩以及对我进行搜捕的“令人钦佩的”特务机关知道我不在波兰，但他们谁也不会说。

乘坐客轮进行航行仍然是一种选择。我当然可以在无须出示护照的情况下登上船，或许还能够下船。但旅客名单可以进行检查，如果上面出现了我的名字，某个该死的记者将会把它当作新闻，帮助我的追捕者解决麻烦。不管怎样，追捕者自己也会查看旅客名单。

这样一来，我需要一本假护照。在正常情况下，索尔或者我在外交部的朋友会巧妙地帮我准备某些得体的证明文件，这一点我毫无疑问。但鉴于目前这种状况，我不能把他们当中的任何人牵扯进来。这是无法想象的，就像寻求警方保护无法想象一样。我不能冒着让我们国家的官员陷入窘境的风险。如果我通过望远镜瞄准具瞄准其身上马甲的那个伟人能够被他的守护神或者领悟力触动，进一步损害已经危机四伏的国家间关系，将会为政府制造一个非常好的情况，能够有助于我逃脱。

我靠在廉价的电影院座椅上，闭着眼睛。周围毫无意义的噪音和音乐促使我的脑子从一个计划想到另一个计划，我意识到自己在消失的同时，根本不能离开英格兰。我必须将自己隐藏在某座农场或者乡间酒吧，直至对我的搜索行动松懈下来。

此时，电影情节（我认定他们是这么表达的）正处在最具戏剧性的一刻，盥洗室可能空无一人。我离开座位，用医生给我的洗剂清洗眼睛，再缠上绷带。随后，我穿过宁静的广场向西漫步，广场上带有 8 月伦敦夜晚的味道——花粉和浓郁的花香，被树木抑制在房屋之间温暖的、精心挖掘的沟壑里。

我决定不在旅馆里入睡。我的情况如此复杂，明智之举似乎是选择生活在某个中立地区，根据形势采取行动。旅馆服务员可能会让我不得不演一出戏或者撒个谎，这没有必要。我乘公交车前往温布尔登公园；我从未去过那里，但我知道那里有一座高尔夫球场，还有某种遮蔽物，常常会在那里发现死尸——这表明那里是乡村的极大延伸，在夜晚对公众开放。

公园的情况非常理想。我晚上待在白桦树的树林里，细粒的土壤储存了白天的热量——土壤在我看来似乎是银色的，原因或许在于空中半月的映照。对我来说，再也没有什么地方比欧洲的温带森林更适合作为休息处了。要是人们在半夜 12 点半的时候在皮卡迪利广场谈及森林，这是否符合常理？我想是合乎情理的。那里有树木和荒野；在晚上，人们看不到纸袋子。

早上，我掸掉树叶，从当地烟草商那里匆匆买了一份报纸，仿佛我在精神抖擞地前往市里的路上。我穿着崭新漂亮的衣服，看上去就像那样的人。“奥德维奇站的秘密”在中心页面占据了半栏。我退到公园的座椅上，然后专心致志地继续和公众打交道。

几乎就在我摆脱跟踪离开奥德维奇地铁站的时候，站内发现了尸体。报纸谨慎地评论称，这个情况存在谋杀的嫌疑。换句话说，警方觉得奇怪，此人背部横跨载电轨，怎么会在心口处遭到痛击。

死者的身份已经得到了确认，他是约翰先生。在米尔班克与维多利亚站之间，有一些由设施齐全的房屋组成的营房广场，他就住在其中的一间屋子里。他的年龄、朋友和背景均不为人知（也不晓得他是否知道，他的工作总是这样）。不过，报社对他的女房东进行了采访。对房东来说，这肯定是个令人恐惧的震惊——记者半夜敲门告知，她的房客在可疑的情况下被杀。不过也可能并没有那么震惊。曾有报业人士让我确信，即使是近亲属也会因陷入新闻的兴奋之中而忘却悲伤。因此，女房东只要有租金，可能不会过多地焦虑。虽然对家中那个男子的情况一无所知，但她还是非常健谈。她说：

“他真是一位绅士，我真是不知道为什么会有人伤害他。他可怜的老母亲会伤透了心。”

但似乎没有人找到那位可怜的老母亲的地址。关于她的存在，唯一的证据就是女房东声称这位老母亲常常给约翰先生打电话，后者赶紧冲出去见她。此刻我当然不会表现出愤世嫉俗。但这位老母亲在晚报上根本就没有被提及，对新闻记者来说，这类素材太多了。对此，我的良心得到了宽慰。

警方急着找到一位四十岁出头的男子进行讯问。这个人穿着考究，胡子刮得很干净，一只眼睛擦伤，有些发暗。就在尸体被发现之前，有人看见此人离开奥德维奇地铁站，交给收票员1先令车票。我还不到40岁，穿着也不考究，但这个描述太准确了，让我看着心里感到不快。

情况原本可能会更糟糕。假如他们要找的是一位头部缠着绷带的男子，索尔的某个职员可能会泄露消息。而那位出租车司机无疑已经回答了很多神秘的问题，他会去报警。事实上，公众会觉得此人的眼睛是在地面之下搏斗过程中受的伤。除了索尔和文恩先生之外，没有人会怀疑我可能与这起案件有关。但他们俩会认为，是非曲直应该由我的良知去解决，而不是警察。

由于那只该死的眼睛，我已经不可能住在某个偏僻的农场或者酒馆。如果被通缉者带着明显特征，在英国乡村根本无法躲藏。当地警察什么都不用做，只需关注酒馆遵守法律或者具有恰当的辨别力，关注农夫们不会公然无视成堆的公告——这些公告他们本应看过，却没有看。他会将自行车推上山，梦想着抓一名真正的罪犯。如果被都市警察通缉的是一个普通小伙子，带着伤疤，或者缺了一根手指，乡村警察将会肩负最不可能完成的任务，在意想不到的时间去走访每一位新近隐退到村舍的普通人物（反正村舍也会让他招致怀疑）。

无奈之下，我只能生活在露天。我坐在温布尔登公园的长凳上，考虑选择去英格兰的哪个地区。北部地区更荒凉，但鉴于我可能需要过冬，严酷的气候条件没有什么吸引力。我自己的县城必须避开，尽管我眼睛的熟悉程度抵得上军用地图，知道有十几个地点可以躲藏。我想知道假如我去县城，我的房客们会怎么看待像我这样一位绅士。在那种情况下，我多半会待在红狮酒吧①，打听消息，称自己是热爱乡村的远足者。远足者——真是个荒谬可笑的字眼！我会穿着花呢套装和厚重的鞋

① “红狮”酒吧诞生于英格兰和苏格兰政权一统、斯特亚特王朝崛起的重要时代，并且长期是英国最大牌的连锁酒吧。英国最出名的“红狮”是在伦敦唐宁街10号首相府附近、议会街48号的那家酒吧。这里常有部长级的顾客登门，还会有很多爱喝一杯的英国老议员们一边看电视新闻，一边向陪喝的大报记者们透露点“内幕消息”，让这里俨然成为新闻直播间。“红狮”牌匾的中央画的是一只狮子，而图案中不仅有来自英格兰兰开斯特的旧时民兵武器装备，还有苏格兰当地军人的装饰标志。在历史上，“红狮”还是英格兰和威尔士王族的象征，历史可以追溯到数百年前。

子，从一家酒馆走到另一家酒馆，这丝毫不像我青年时期的温和性格。不过，感谢上帝，这座县城适合那些大声喧嚣的英国女人，她们穿着紧身短裤，说话声音放纵，正在将欧洲的各个风景区变成斯凯格内斯①度假村。

我决定前往英格兰南部地区，强烈倾向于多塞特郡。多塞特郡地处偏远地区，位于汉普郡和德文郡之间，前者正成为它的远郊，后者则是它的“游乐场”。事实上，我对多塞特郡的某个区域非常了解；更有利的是，任何人都不应该有理由想到我了解这个区域。我此前从未在卡迪斯托克打猎。萨默塞特的密友与我距离最近。我前往多塞特经营的业务非常珍贵，我一直保守着这个秘密。

有时候，我和黑猩猩一样不自然。我之前选择的目的地在10码范围以内。但在那天，我甚至不能告诉索尔我将要前往何处。为我本人以及我的行动目的考虑，我只是在近期才逐渐形成这个习惯。在这份自白书中，我逼迫自己去分析；我记述道，我这么做是因为某种缘故，此时这是千真万确。然而，在我当

① 斯凯格内斯位于英格兰东部的海滨地区，是海滨度假胜地。

时采取行动时，情况并非总是如此。我总是有理由，但理由往往模糊不清。

我即将前往的具体地点，在我的意识中既未浮现，也未消失，就如同漂浮在我左眼前的黑影。我知道，我必须有一个羊毛内衬的防水睡袋。我不敢返回伦敦市中心，因此我决定打电话，采取货到付款的方式让门警把东西送到温布尔登地铁站。

我和店主交谈，我确定我说话的音调是经过精心掩饰的低音，但这位店主几乎立刻认出我来。这要么是因为我表现出过于了解他的库存而现了原形，要么是因为我的语句节奏非常明显。

“老板，又要出行了，我猜？”

我可以想象他正搓着双手，对我的持续光顾心满意足。

他激动地在 1 分钟之内 6 次提到我的名字。他的窃笑就像是慈父般的管家正在迎接流浪的孩子。

我必须迅速思考。与老实承认相比，如果拒绝承认我的身份，显然会引发更大的神秘。和他在一起，我感到很安全。伦敦西区只有十几位身着黑袍、牧师模样的商人——裁缝、枪匠、靴商、帽商，他是其中之一。他宁可羞愧而死，也不会出卖顾客的秘密。对他来说，无论是法律还是确定的坏账，都比不上为贵族效力的自豪感。

“会有人听见吗？”我问他。

我想他这么叫我的名字，是为了让伙计或者客户听明白。萨维尔街和杰明街的这些牧师，大概是仅有的彻彻底底的势利眼。

他停顿了片刻。我想他在环顾四周。我知道，电话就在店铺远端的办公室。

“不会的，先生。”他说道，带着些许歉意，让我确定他说的是真话。

我向他解释称，我不想有人知道我在英格兰，我相信他不会说出也不会记下我的名字。他表现出顺从——还有周到的考虑。他吞吞吐吐地辩解了好一阵，然后问我是否愿意让他给我带上睡袋和一些现金。他说，我非常有可能不想去自己的银行。好家伙！他无所顾忌地表现出比我的银行经理考虑得更周到。如果是这样，我不会吃惊。

不管怎样，我肯定会有麻烦。于是，我给了他一份所需物品的完整清单——男孩用的弹弓，砍刀，他能有的最好的刀；

盥洗必需品和橡胶盆；普里默斯便携式汽化炼油炉，平底锅；法兰绒衬衣，厚裤子和内衣裤，还有防风夹克。在 1 小时之内，他就亲自赶到温布尔登站，将所有东西整齐地捆在睡袋里。我应该想要某种枪支，但我要他不对这桩买卖进行登记或者报告，这对于他的辨别力而言要求过高。

十

在多尔切斯特搞到自行车

我乘火车前往吉尔福德，在那里转乘马车前往多尔切斯特，下午大约5点到达。我在经过索尔兹伯里之后换了车，一位友好的搬运工人将我的包裹拖进一列慢车的空车厢，这列慢车没有走道。在我们抵达下一站的时候，我已不再是穿着考究，而是像个度假者的模样，戴着文恩先生的特大款深色墨镜。

我将工具包丢在多尔切斯特车站。对于乘坐哪种交通工具前往多塞特的“绿色海洋”，我没有任何打算。我不能购买汽车或者马匹，因为难以处理。废弃的汽车或是游荡的马匹立刻就会引发大量的调查。带着笨重的包裹行进几乎不可能。我不得不寻找更具隐蔽性的交通工具，乘坐公交车仅仅是延缓了这个时间。

我一直游荡到罗马竞技场，然后躺在外面的草坡上，看着韦茅斯大道上的车流和人流，希望能有个主意。成群的骑车者引起了我的兴趣。我从孩童时代起就没有骑过自行车，已经忘掉了它的潜在价值。这些度假者在他们自行车后座和挡泥板带了足够的装备，能够维持一两个星期，但我想不出如何将我的露营装备在自行车上放置平衡。

我等了1个小时，想要的自行车终于出现了。后来我注意到，这些自行车在路上非常普通，但这辆自行车是我见到的第一辆。这是一种双人自行车，父母亲骑车，将孩子吊靠着安置在侧面的小挎斗里。我应该不敢将我的子孙放在这种奇妙的装置里，但我必须承认，对于年轻的夫妇，没有什么担心害怕的，也没什么钱，这可是合乎情理的度假方式。

我站了起来，朝着他们大声叫喊，漫无目标地乱指着。他们下了车，惊奇地看着我，然后看看孩子，再看看后轮。

“抱歉将你们拦下来。”我说道，“不过我可否问一下，你们是在哪里买到这玩意的？这正是我、夫人和孩子想要的！”

我想这番话说得恰到好处。

“我自己做的。”孩子爸爸得意扬扬地说。

他是个二十三四岁的年轻人，十足的冷静，眼睛里闪烁着工匠特有的快乐。人们常常能够认得出他们——新一代的工匠。他们知道世界属于他们自己，并且同样瞧不起伪激进分子和上流社会成员。他们肯定属于具有某种地位的人，不过我想他们在被这个如此保守的国家认可之前，必须学会说话得体。

“你在自行车行当？”

“我不在这个行当！”他回答道，显然看不上他此刻使用的交通工具。“我在飞机产业！”

我本应该能猜到。镀铝的弧线状侧板，用工具进行了精美的加工，富有专业色彩；挎斗前部的两个凸起，明显是机枪模型——我第一眼却当成了车灯。我想这是出于孩子爸爸而不是孩子的娱乐喜好。

“他看上去很惬意。”我对他的妻子说。

她是一位身体强健的少妇，穿着灯芯绒短裤，长度和腰包差不多。她的双腿发红，金色的汗毛就像是连绵的毛皮。根本就不合我的审美观。但我的审美远远谈不上高品位。

“他喜欢这样，对吧，宝贝？”

她将孩子从挎斗里拽出来，就像从马靴里拎出一只小肥狗。我以为她没有抓着孩子颈背，但在我记忆中她肯定是抓住了。孩子高兴得咯咯地笑，还想去抓我的墨镜。

“好了，罗尼，别打扰这位可怜的先生！”他的母亲说道。

这很好。她的声音中带着电影《可怜的盲人》的音调。文恩的眼镜没有任何精美的色彩，透过它看到的世界为暗蓝色。

“我想，你不打算卖掉它？”我问孩子爸爸，递给他一支香烟。

“等我们到家的时候，我可能会卖。”他小心翼翼地回答道，“不过，我家在莱斯特。”

我说我准备立刻出价购买自行车和挎斗。

“让我放弃休假？”他笑道，“绝不可能，先生！”

“好吧，这得出多少钱？”

“15 英镑，少 1 个便士都不行！”

“我可能出价 12 英镑 10 便士。”我表示道——其实我很高兴给他 15 英镑买下自行车和挎斗，但我得避免被怀疑。“我想这个价钱能够买到全套的新品，但我看中了你的挎斗和安装的方式。我的妻子有点儿神经质，听我说，她绝不会将孩子放在看起来不太结实的地方。”

“这很结实。”他说道，“15 英镑，这是我的底价。但我不能卖给你，不然我们怎么办？”

他支支吾吾，似乎正在对我以及这桩交易进行判断。他思路清晰，机智灵敏。大多数人往往非常保守，不会考虑中途改变休假。

“你有没有什么东西可以交换的？”他问道，“比方说旧汽车或者海边住所？我们想坐在海滩上，但医疗费和夫人的开销太大……”

他毫无顾忌地朝我眨了眨眼，但并没有引起他妻子的注意。

“他这个人就是这样寻开心！”她高兴地对我说。

“我在韦茅斯附近有座海滩小屋。”我说道，“我可以让你免费享用两星期，条件是我出价 10 美元买你的那两样东西。”

她高兴得尖叫起来，结果她丈夫严肃地朝她皱了皱眉头。

“我不知道我是否想要一间海滩小屋。”他说道，“我这两样东西出价 12 英镑。我们今天晚上就去韦茅斯。假使我们现在做这个交换，我们可以马上住进去吗？”

我对他说当然可以，只要我能够在他之前赶到那里做好安排，把地方准备好。我说我想看看有没有火车。

“哦，可以搭便车！”他说道，好像这明显就是所有短途旅行的方式。“我马上就给你找辆便车。”

这家伙肯定知晓道路共济会组织的某种秘密暗号。至于我自己，我从来不会在主干道上冒昧地拦下一辆车。原因是什么，我不知道。但如果我开车，我总是愿意让别人搭车。

他放走了 6 辆车，评论道：“拉风！”随后，他稳稳地拦下了一辆车。这是一辆破旧的莫里斯汽车，一位看上去随性直爽的男子占据了大量的空间。我猜测此人可能是一位著作家或者酒店老板，结果发现他是郡议会的雇员，担负的工作是检查蒸汽压路机。

“喂，先生！能不能让我朋友搭车去韦茅斯？”

“那好，赶快！”司机爽快地答道。

我商定 7 点 30 分在车站和这家人见面，然后上了车。

他 15 分钟就驾车行驶了 8 英里抵达韦茅斯。我解释称，我赶在前面是为了找到房子，为我们自行车运动派对的其他成员抵达时使用。我问他是否了解可供租用的海滩小屋。他说那里没有海滩小屋，而且我们很难找到房子。

“这是个美妙的季节！”他说，“睡在海滩上，享受银行假日①！”

这简直令人沮丧。我之前提出得到这家人的那两样东西的交换条件，实在是太轻率了。我对他说，我本人打算在韦茅斯待一段时间，弄个帐篷或者单间小屋，或是压路机工人睡的活动拖车房如何？

---

① 银行假日：和欧洲其他国家相比，英国的公共假日相对较少。通常，这些公共假日也被称为“银行假日”，因为银行在假日中会关闭，暂停所有交易。英国的“银行假日”始自1871年。由于当时热衷板球的约翰·卢伯克爵士坚持认为，银行雇员也应该有机会参加此项比赛，因此，当年颁布的《银行假日法案》规定：英格兰、威尔士和爱尔兰地区有4个“银行假日”，而苏格兰由于要举办独特的新年活动，因此有5个“银行假日”。传统意义上，板球比赛都会选在“银行假日”举行。如今，英格兰、威尔士和苏格兰共有8个永久性“银行假日”，北爱尔兰则有10个。这些假日中包括圣诞节和耶稣受难节，虽然法律没有特别规定它们是“银行假日”，但由于已经约定俗成，公众会同等对待。传统上讲，许多商店在“银行假日”都会歇业，让员工和家人一起休息或者出门度假。除银行之外，大多数商店在“银行假日”会照常营业，圣诞节除外。在“银行假日”工作的人工资会较平日增加，有时会是平日的双倍。

这番话让他觉得非常好笑。

“呵!”他说道，“这些都是郡属财产，郡属财产！他们不会让你拿到一样东西的。不过我可以告诉你!”——他悄悄压低了声音，这是英国人在提议进行某项交易时特有的方式。(我想这源自于这个国家在公共酒吧里进行买卖的习惯。)——“我知道有一辆拖车你可以便宜地买下来，也就是说，如果你想买。”

他开车将我带到他某个内亲的车库，那里有一辆巨大的拖车停放在院子里，周围是一大堆废铁。这辆拖车似乎是某位爱好者自制的，制作者热衷于宽敞和花里胡哨的小玩意儿，却忘了拖车需要由汽车牵引着转弯。他的内亲和压路机工人领着我看了那辆拖车，他们就像是一对干劲十足的房地产经纪人，在出售一栋宅第。他们说，这辆拖车有点儿像家里一样舒适。也确实如此！除了寝具之外，所有的物品都是成双配备。我花40英镑，这辆拖车就归我了。我接受了他们的价格，条件是他们为罗尼搭送床上用品和一张小床，并立刻将我拖到一座露营地。他们驾车行驶了几英里，将我带到韦茅斯东部，那里有一片旷野，里面有十几顶帐篷和拖车。我从地主那里租了一块场地，租期6个月。我还对他说，朋友们将暂时占用这辆拖车，我自已也想在秋季经常来这里度周末。他对这一切没有表现出丝毫的兴趣；如果有陌生人选择在他的地方露营，他将预先从他们那里收取每星期 5 先令的费用，然后再也不会靠近他们。

当我们返回城镇时，我和我的救助者们随便喝了点东西，然后就离开了。我到达车站时已接近 8 点钟。孩子的父母正靠着栅栏，哭丧着脸。

“喂，先生！”我的飞机技师说道，“时间就是金钱，情况怎么样？”

他对我的迟到有些气恼。他之前显然一直以为运气好得令人难以置信，他将再也见不到我了。

我们疲倦地走出车站，前往露营地。这辆拖车在苍茫的暮色中十分迷人，我几乎后悔将拖车给他们。好吧，不管怎样，他可以免费租用两周的假期。我想出 12 英镑，让他设法换掉串联装置和挎斗。我说我可能在他两周假期结束之前回来，但如果我没有回来，他得将钥匙交给地主。我想，在 6 个月的租期结束之前，这辆拖车不会成为调查的目标。等到那时，我想我已经离开英格兰了。

十一
在山谷中选定遮蔽处

我骑着这辆粗劣的双人自行车返回韦茅斯，结果在第一个左转弯处摔到了沟里，掌握骑车技巧并不容易。随后我吃了顿饭，发现快餐店和茶馆还开着门。接着，我将挎斗里装上一大堆饼干、一块火腿、足够多的罐头食品和水果、烟草，还有几瓶啤酒和威士忌，塞得满满的。当我走进第三家店铺时，一位面部干瘪的老处女用怀疑的眼神长时间盯着我的眼镜看，问道：

“你眼睛受伤了，是吗？”

我装模作样地回答说，我自从出生以来就一直受着这份罪。我担心这是上帝的意志，想剥夺我另一只眼睛的视力。之后，她变得非常富有同情心，但我之前就告诫过自己。

我骑车穿过黑暗前往多尔切斯特，到达那里时几乎已是午夜，精疲力竭。我捡起我的包裹，绑在挎斗上。随后，我骑车向北前进了数英里，进入寂静的山谷。那里的唯一动静，就是富勒姆湖流过鹅卵石的汩汩水声和闪烁的亮光。我骑车离开大路，进入一片小灌木丛，打开包裹睡觉。

睡袋很惬意。一个月来，我只有半个晚上睡在床上。我睡了又睡，不时被树叶或昆虫搅醒。但我只需将毯子拉到耳朵上，很快就毫不费力地又睡着了。

我醒来的时候，已经过了10点。我在羊毛内衬的睡袋里一直躺到中午，透过橡树叶看着刮风的天空，努力确定究竟是白天还是夜间出行风险相对较小。如果是白天出行，我不会引起人们特别的好奇心，但我的自行车太古怪了，会有很多人记得看到过这辆车。如果是晚上出行，只要有人见到我，就会谈论我好几天。不过，从午夜到凌晨3点之间，在农场和村庄不会有什么情况。我准备赌一把，不会被人看见。

此刻，我自己确认了将前往何处。我选择的道路，是沿着丘陵的一条狭窄小道。这条小道是古罗马时期的残迹，从多尔切斯特一直延伸到埃克塞特。只有农夫的运货马车才会走这条小道。在黑暗之中，我几乎不可能和别人碰面。即使山上并非只有我一个人，我在被别人听到之前应该能听见动静。我还记得当初我在麦地里是如何咒骂那些骑车者的悄无声息。

我的临时营地相对安全，虽然靠近一条公路。我一整天没有看到一个人，只看到一只非常通人性的雄山羊，这只山羊和邻近田野里的一群奶牛在一起。它在灌木下面休息，朝着挎斗看了看，然后吃了些灌木的嫩枝。接着，它又将嫩枝吐了出来，用令人啼笑皆非的眼神看着我。它让我想起了某个挂着胡茬的老农夫神色凝重地走过公路用地，这块地对于他没有一点儿用处，他只是想让这块地保持开放。我乐于看到雄山羊跟着奶牛群来到牧场，大概能够给它们带来一些运气，或者吃掉一些会导致流产的牧草。我想它的真正作用已经被忘记了，但对于违背传统习俗的做法并没有限制，也没有理由认为它不起作用。

我午夜开始动身。最前面 3 英里是一条经常使用的支路，但我只遇到一辆汽车。我有时间将自行车停靠在树篱上，然后自己走进田地里。这条古罗马的小道充满了生机：绵羊和奶牛躺在小道上，野兔在古代留下的深坑里跳进跳出，猫头鹰在荆棘上方滑翔鸣叫。我没有带照明物，屡屡陷入车辙而心烦意乱，因为车辙之间的空间宽度刚好只能容得下我的 3 个车轮。我最终下了车，选择徒步行走。

我缓慢地朝前走，在足迹和金雀花丛组成的迷宫中不时迷失方向，树篱在暗光中开始显现出轮廓。我向下滑进山谷，穿过铁路，悄悄越过沉睡的鲍尔斯托克村。这时候应该离开小道了。在邻近的田地里几乎没有遮蔽物——在我能够用一只眼睛搜索的范围内，我仍然不习惯用这种方法来判断前面的情况。我偶然遇到烧毁废弃村舍的四堵墙。这时，我将双人自行车放在覆盖着旧地板的荨麻上，拆下挎斗，半遮半掩地藏在砖块和瓦砾下面。我自己并不打算躲起来，而是躺在小溪旁茂盛的草丛里。这一天温暖而宁静。清晨，9 月的薄雾低低地笼罩在草地上。假使有人看见我，我正头枕着胳膊睡觉或者装睡——假日期间在小溪旁，这种景象太常见了。

黄昏时分，我将自行车进行了重新组装，11 点开始出发。这里没有村庄，只是在两条主干道的交叉路口有检查人员。我经过孤零零的农场和村舍时，狗向我吠叫和咒骂。但在房主向窗外张望之前——如果他们真的这么做，我已经从视线中消失了。我骑得非常快，因为当晚还有很多事情要做。

我在 12 点半的时候到达半月形山冈的山脊。在低矮的山冈上，有野兔在吃草。山冈的角峰延伸到海上，在角峰之间围成了一条葱葱郁郁的小山谷。外坡（即北坡）俯瞰着马什伍德山谷。我从这里离开白垩岩进入砂岩。车道被上百代的驮马磨损了许多，这些驮马从海上沉重缓慢地爬上干涸坚硬的山脊。车道的海拔高度在田地水平面以下 15 英尺左右。这些沿着山冈侧翼形成的红红绿绿的片区，带着昔日贸易的痕迹，在我看来非常亲切。

我沿着山脊推着双人自行车，直至来到潜入山谷的一条小道。我在黑暗之中几乎看不出这条小道。我记得这条小道，确实很深，不过点缀着阳光。此刻，这条小道看起来像是沙漠地区被腐蚀的一条裂缝，底部只有马车那么宽；它的侧面带着土堆，上面覆盖着树篱，橡树苗从树篱中蹿出，实实在在的黑色轮廓看上去有 50 英尺高。

我沿着这条小道向前走，直至另一条小道呈直角和它形成交叉。这第二条小道向北延伸折回山脊，然后向上进入平地，再分成两条农庄小道。这两条小道似乎是古代小型公路的终点和目标，但如果你视而不见，穿过 1 英亩的牧场，就会来到一片茂密的树篱，这片树篱向山下延伸至马什伍德山谷。在树篱的中心，之前的小道再度出现，我从伦敦出发时就一直在寻找。这条小道在地图上没有标注。我猜想，它有 100 年没有被使用了。

深刻的砂岩切割还在原处，树篱长在一起穿过顶部。人们只要愿意，就可以在入口处潜入“警戒”的荆棘下，在沿着山脚交叉蔓延的树篱中穿行而出。不过，有谁会愿意这么做？在有光照之处，荨麻长得和人的肩膀一样高；在没有光照之处，小道被枯腐林木阻塞。这两层树篱被两位农场主用作为边篱，树篱之间的空间对于这两位农场主而言看不出有什么用处，只有爱冒险的孩童才会想进去探查。

这实际上正是发现的方法。出于喜好，人们可以再次做出孩子般的天真。岩石成为悬崖，树篱成为森林，小溪成为河流，流向只有上帝知道的某个世外桃源。这条小道就是我们的发现，这条危险的通道像是专门为我们勇往直前而打造。只是在今年春天，我将她带到英格兰，选择多塞特丘陵地带，是为了让她对这片即将成为她家园的土地有第一印象、第一感受。这也是她的最后一瞥。我说不出我们有什么预感，除了我们因相爱而紧张焦虑。当四骑士的翅膀从世界各个角落向内汇集的时候，男人和女人之间会有一种不顾一切的甜蜜感。

此时，我的任务就是阻止孩童或是恋人再次穿过那条路。我将挎斗塞入灌木丛，放置在第一条光秃秃的小道上。在这里，头顶的树叶非常茂密，只有蕨类植物才能生长。随后，我从包里取出砍刀，朝着树篱内侧的死木头猛砍。我将自行车横着挤放在土堆之间，在上面堆上一圈荆棘，足以挡住一头狮子。在小道的下端，蔓延的黑刺莓丛足以形成防护，我又用一块废弃的冬青灌木进行了加固。这是我当时有胆量做的所有事情。天正越来越亮，我的敲击声在山坡回荡。

我登上西侧坡道，爬上榆树苗的内侧。这棵榆树苗的树枝重心高，低低地挂在树篱上，从地上可以够得着它的远端。这棵榆树苗成为我进出小道的通道。我当天大部分时间趴在树上，向北和向西可以看得很清楚。我想对邻近农场的日常情况进行观察，看看是否忽视了某个危险。

小道东边的田地是一座粗糙的牧场。黎明过后 1 小时，在地平线上可以看到奶牛闲散地进入牧场，被驱赶着穿过一道我看不见的大门。再往东是一片有草的丘陵地带，短短的草皮只适于绵羊。在西边，就在我的树下是 40 英亩的麦茬地。这片麦茬地突然消失在一大片灰色、繁茂的农场之中，农场里有丰盛的谷仓，还有一座鸭塘。

这里和英格兰的任何一座山坡一样宁静。我身下农场的活动主要在山谷中进行。至于东边农场的居民，我一个人也没看见，只听到有男孩在晚上召唤奶牛回去——他甚至没有进入牧场。在马什伍德山谷的小道上，很少有人来车往。我看到邮递员骑着带有红色挎斗的摩托车，还看到校车和偶尔经过的一辆汽车，以及几辆牛奶运输车在树丛间来回颠簸，收集摆放在路边木质平台上或是小溪底部鹅卵石上的罐头。

我选择的这部分小道潮湿阴暗，蔓延到地面的树根已经发白。晚上，我将我所有的东西搬到更远处蕨类植物中间的一小块空地，那里每天能照到 3 小时的阳光。这块空地有高高的土堆保护着，顶部是未修剪的白蜡树篱，由黑莓丛和刺李丛支撑着，向东一直延伸到牧场。

我砍下凤尾草，为每次阵雨后沿着小道向下流淌的水流挖开一条沟渠。随后，我在土堆与土堆之间吊上白蜡树杆——土堆之间的距离仅有 6 英尺，在顶上用嫩枝和凤尾草搭建通风巷道平台。一两天后，我从一座坍塌破旧的谷仓偷偷拿了一些砖头，在中间对我的树杆进行支撑，使这座平台像木条地板一样结实和干燥。

东侧坡道布满了兔子洞，这些兔子洞沿着砂石上端延伸到厚重的表土层。就在当晚，我开始对它们进行动工，使自己能够有防雨的遮蔽处和灶台。到了早上，我已经挖成了直径 2 英尺的一个洞，长度足够容纳我的身体。顶部和侧面都是土质，底部则是砂石。

往石头里挖洞虽然较为轻松，但却是一项无休止的劳作。不过我发现，将表层刮掉并不费力，这样可以一英寸一英寸地削平地面。一星期后，我就有了值得自豪的遮蔽处。顶部是高高的拱形，塞满了黏土。水滴沿着侧面缓缓流下，在两个突出的岩架处被挡住。这两个岩架沿着整个遮蔽处形成通道，将水引入小道。遮蔽处的底部在岩架水平高度 3 英尺以下，交叉放置着短短的白蜡树柴把。我将睡袋铺在柴把上，从而避免睡在潮湿的石头上。洞的大小和形状很像两个大浴缸——一个倒扣在另一个上面。

十二
邂逅“阿斯莫德”

我的胡子刚长出来，我就徒步走到比明斯特，带回来的食品、烤架、烤肉叉和短镐装满了背包，短镐一侧的形状就像小型战斧。我不知道这是做什么用，但它似乎非常适宜在密闭空间挖掘砂岩。我在比明斯特并未引起特别的注意——我只是一副衣着凌乱、戴着墨镜的度假者模样。我声称自己在跨越萨默塞特边界的山区露营。我在一家小饭店用了餐，看了看报纸。报纸仅仅轻描淡写地提及奥德维奇地铁站的神秘事件。这起事件已经被裁定为不知晓的一人或多人实施的谋杀案。我爬下榆树进入小道，感觉自己回了家——有一种带有忧郁的放松感。

我开始了白天睡觉、晚上挖洞的生活模式。白天挖掘太危险了；我在地下的时候可能会有人走过树篱，听到镐的挖掘声。有一天早晨，我就差点被在牧场边采黑刺莓的一群孩童发现。

我将洞朝着土堆方向往回适当挖了10英尺，然后在右侧开了一个走道，只是想做个炉灶。不过，我发现石头被树根切开，很容易挖掘。于是，我在走道的尽头挖了一个蜂窝状的洞室，可以很舒服地蹲伏在里面。表面测量有些困难，我得将一根杆子插入树篱，然后爬出来看看杆子末端的位置。之后，我将烟囱口直直朝上插入黑刺莓丛的中央。此后，我才敢在夜间冒险生火，烹饪新鲜食物。

我之前一直感到诧异，为何没有狗来找我的麻烦。我已经做好准备，把任何找上门来的狗吓跑，让它们再也不敢回来。不过，似乎有某种事物已经帮我将它们吓跑；狗与这条小道保持着安全距离。吓跑狗的是“阿斯莫德”①。我最初将它视为双耳和双眼似乎是附在一节黑色树枝上的怪物。我转过头，它的耳朵就不见了。我站起来时，它身体的其余部分也消失了。我取出罐头牛肉的一些残渣放在树枝后面，1 小时后，这些残渣同样消失了。

一天早晨，我刚刚上床躺着，头伸出洞外啃饼干，它悄悄溜到我的平台上看着我，尾巴扒着地面，面部充满野性和期待。这是一只瘦削、厉害的黑色雄猫，许多毛发的末端带有一丝银色条纹，就像柔和平滑的地中海美人，发质刚刚变成灰白。我认为它的发质颜色发生变化并不是因为年龄，而是由于从某个拥有银色发质的祖先继承的反常发色。我扔给它一块饼干；饼干还在空中的时候，它就已经在我的视线之外。我察觉到的时候，饼干已经消失了，我的半盒牛肉罐头也不见了。

它开始将我视为闲暇时光的“奇观”，呆若木鸡地坐着，

---

① 阿斯莫德指七宗罪中司“淫欲”的代表魔王。也是所罗门王七十二柱魔神（至上四柱）之一，统治北方的君主。他长着三个头，分别为牛头、人头、公羊头，有一条蛇尾。他手牵一条地狱之龙，另一只手手持带有旗帜的长枪（亦有资料说其是拥有绝世容貌和强悍力量的女王）。他可教人数学、天文学、几何学以及手工艺，他可给人真知，令人不可征服，他可揭示宝物的所在，并可以保护宝物。

与我保持10英尺的安全距离。再过几天，它就会从我手里抢东西吃。如果我伸出手去触碰它，它还会发出嘶嘶声，毛发竖立。也就是在那个时候，我给它取名“阿斯莫德”，因为它可以让自己看上去像是仇恨和恶毒的精神化身。

我将一块野鸡头拴在绳子的末端，争取到了它的友好。我注意到，猫最欣赏人类的并不是生产食物的能力——这个能力它们视为理所当然，而是他或者她的娱乐消遣价值。阿斯莫德非常喜欢它的玩具。过了一个星期，它准许我轻抚它，还发出刺耳的咕噜声。不过，为了顾及面子，它假装睡着了。此后不久，它开始习惯于白天在洞里和我睡觉。晚上在我劳作时，它习惯于进行搜寻。罐头牛肉是它首选的肉食；毫无疑问，这使它能够通过最低程度的努力获得尽可能多的营养。

我又去了两趟比明斯特，夜里步行往返，间隔的白天——在购物之后——躲在金雀花山坡上。第一趟，我带着食物和普里默斯便携式汽化炼油炉用的煤油返回；第二趟，我带回来一个熬胶锅和一扇小门，这扇小门是我从当地木匠那里订购的。

这扇门，或者说是盖子，形状尺寸恰好适合我的洞口。门的内侧有一个结实的把手，我可以抓着把手把门提起来挤到适当位置。门的外侧是伪装。我在上面洒了一层胶，还有一层粗糙的砂岩灰，并在上面粘了一些嫩枝和死掉的植物。有一些枝叶拖到门的边缘，在铺设到适当位置的时候能够遮住门的轮廓。

我对这扇门感到非常满意，于是即刻训练自己完全从小道上消失。平台被拆卸，砖头四处散落，杆子插在树篱中；我的厕所和垃圾坑覆盖着死荆棘，我本人则回到洞里，所有这些都在10分钟内完成。如果有人强行闯入小道，可能会也可能不会注意到某个吉卜赛人此前一直在那里露营，但想不到此刻仍然有人居住。唯一的痕迹就是显而易见的兔子洞，有一些人工处理的印迹，尽管我将动物粪便抛撒在入口处，使我在被关在洞里的时候能够呼吸空气。

我的双人自行车已经看不见了。我将它拆开，将组件靠在土堆上，并在上面覆盖了大片的腐烂植物。挎斗还是麻烦。我不能埋到地下，也不能拆卸，光亮的铝制材料发出的光泽能够穿透我堆在上面的矮灌木丛。它很新、很结实，没有人会被糊弄而天真地以为这是被丢弃的。最后我不得不用了一个晚上的时间拆除我的防护设施，将挎斗清理出小道，连滚带搬地弄到山谷下面。

我不知道究竟应该如何处理它。无论我将它放在哪里，它都可能被发现。放的地方越远，就越有可能引发疑问——这东西怎么会在那里。我也不能浪费时间；如果我遇上某个人，他会早在我看见他之前就注意到我背着闪闪发光、笨拙累赘的东西。最终，我将挎斗扔进了掩蔽的溪流，希望水的作用能够将它彻底毁坏；我做不到。

此刻，我准备当年冬季的前半段就待在这里，这是因为在落叶的时候仍然看不见这条小道的终端——这似乎有可能。我不会被看见；而且如果我小心的话，还不会被听见。当我将内室塞满灌木丛进行焚烧时，我避免劈木头，砍刀也只敢一星期使用一个晚上。这让整个洞穴变干，还产生了一层余烬，使我一度可以烧烤储存的肉食。

我的干粮和罐头食品很充足，因为我一直主要依靠就地补给。我的门口有欧洲榛、黑刺李和黑刺莓，我还不时从红奶牛那里汲取一碗牛奶；它非常喜欢盐，可以被吸引着安静地站立在东侧树篱侧翼黑刺莓丛的圆顶和斜坡之中。

我的弹弓可以让我不断获得野兔“供应”。这是一种低效的武器。鉴于捣鼓古代和现代弹道技艺是我的业余爱好，我应该对于依靠橡胶弹弓而感到羞愧，因为使用卷发或者细绳制作的武器要好得多。但我不喜欢忙活所有这些麻烦事。我不得不强迫自己在这些天打一只野兔。毕竟，野兔非常适于宰了充饥。

我并不满足，尽管这种鲁滨逊漂流记的生存方式应该非常适合我的性格。此刻已经不再有足够多的事情去做。我没有受到孤独感的影响，也没有受制于对这个地方的记忆。在这方面，阿斯莫德帮了我。它是一个搞笑的排遣者，可以排解许多伤感的情绪。我对自己并不确定。即使是这部日志也是无能为力，尽管我确信将会驱散我的疑虑。

十三

索尔的警报

我再度开始启用这本练习簿，因为我不敢让自己的想法不受控制。我坐在通风口下，刚好有足够的亮光。将空白页放在面前，这很好。我的眼睛和心灵期盼着能够集中在某个目标上。

一个月之前，根据我的记述，我并不觉得孤独。这是真的，说明我愚蠢。安全的实质就是被追捕者感到孤独；随后，他的整个身体似乎直立着冲向外部世界。他思维敏捷，像面临危险的动物一样敏感。然而，我本人却陷入了温和、忧悒的心境，全身心地专注于我的猫和我的良知。敬爱的上帝啊，我可能原本会成为退休的公司董事，居住在偏僻的村舍，有些担心投机活动是否被发现！

我干了件最愚蠢的事，就是写信给索尔，让他给我送书。一旦我的尘事结束，我将有实在太多的闲暇，也就用不着它了。除了其他夹七夹八的不满之外，性问题正令我焦虑不安。

对我来说，性欲从来不是问题。和大多数正常人一样，我能够毫不费力地抑制自己的性欲。如果无须抑制，我的性欣赏力会很敏锐，但我的情绪并不是很高涨。事实上，我开始认为我从来都没有真正懂得激情之爱。毫无疑问，比方说，意大利人会将我视为非常典型的冷漠的盎格鲁—撒克逊人。

那么，为何我极其不情愿来这条小道呢？我想我表现出抵触心理，因为我拒绝承认这是我的目的地，直到我在距离它 20 英里的范围内——尽管这里的双层树篱是我渴望到达的极好的掩蔽处。好，我猜想我渴望拯救自己的痛苦。但我甚至记不住她的脸庞，除了她的眼睛在黄褐色皮肤的映衬下呈紫罗兰色。我知道，这是记忆的技巧，因为我经常在男人和女人身上寻找紫罗兰色的眼睛，但从未见到过。我再重申一遍，我从未陷入爱河。之所以这么说，是因为我如此平静地接受自己的幸福被毁灭。我已经做好了准备。我恳求她留在英格兰，或者至少谨慎地控制她的政治活动，如果她认为有义务回去。当我听说她去世时，我实际上几乎没什么痛苦。

我写信给索尔要些书：要有实质内容，我可以在整个冬天反复阅读，每次阅读都进一步深入理解作者的意思，而不是他所说的话。当然，我没有在信上签名，而是用大写印刷体书写，让他送些书到莱姆·里吉斯邮政支局的佛斯沙姆教授处。佛斯沙姆是我学生时代的基督教伦理学教授（我相信现在仍然是）。在我看来，我毛茸茸的面孔和他挺像。可能并不像；不过，选择想象自己成为其中的一部分，这总归很好。

我不想再去比明斯特。此时仍然是假日季节，我的三次造访和对我自己的情况描述自然没有问题得到了认可。但如果有人声称在10月份越来越密集的大风气候中仍然在丘陵地带露营，就会惹出一些闲话，例如他在哪里，为何会在那里。我选择莱姆·里吉斯，是因为这座小镇有一个参观者和外地人的冬季聚居区，估计不会引起注意。

我胡须散乱，确实有几分像是人们在布鲁姆伯利见到的多数人模样。我的眼睛在露水和洗液的持续清洗下已经不再肿胀。它看上去有点异样，但更像是劣质的玻璃假眼，而不是受伤的眼睛。我的外貌看上去没有恶意，还有些令人不快的古怪，没什么会引起警察的兴趣。至于我的其他敌人，他们此时没有理由去搜寻多塞特，就像没有理由去搜寻堪察加半岛一样。

在黎明前两小时，我步行前往城镇郊外，在白天躲藏在一间大空屋的灌木丛里。到了晚上，我去了邮局，自称是佛斯沙姆教授，问是否有一包书寄给我。那里有一些漆黑的小商店。这是其中一家，卖文具和烟草，有一个里间，里面肯定会有一壶茶在火上煮着。

“抱歉！没有写着那个名字的包裹。”女邮政局长说。

我问有没有一封信。

“我想可能会有。”她狡黠地说道，将手伸到柜台下面，取出了6封信。

有一位女士之前一直在检查一排服装制作杂志，这排杂志挂在穿过窗户的绳子上。她道了晚安，然后打开门，让最后一缕夜光照进商店。女邮政局长盯着我看，仿佛她的眼睛被粘住了——这是一双鞋扣般的眼睛，敏锐而警觉。

“里间——里间里的信件还要多。”她结结巴巴地说道，缓慢地穿过门进入会客室，仍然看着我。

我听到狂乱的低语声，有个女孩的声音说道：“哦，妈妈，我不能这么做!”——随后便是一记耳光的声音在回响。

一名大约12岁的女学生从里屋冲出来，钻到柜台的活板下面，惊恐地看了我一眼，然后沿着马路往前跑。女邮政局长还在房间的门槛处，仍然对我的外观惊诧不已。

我不喜欢这种外观，但猜想不出问题在哪里。我穿着旧套装，戴着围巾。我想，我的模样很像一位风雨无阻的大学教师，在冒着严寒从茶话会返回的路上。我将眼镜丢在了“家里”，以为不戴这副庞大的有色眼镜可以减少人们的注意。其实，我戴不戴这副眼镜没什么差别。

“那好，女士。”我严肃地说道，“你能不能尽心办公事，我得拿到我的信。”

“你敢靠近我!”她尖叫道，向后退缩到门口。

这根本不是遵循繁文缛节的时候。她已将信件扔到保护现金和邮票的钢丝围栏后面。我越过钢丝围栏，拿到了一个收件人写着佛斯沙姆教授的信封。

“自己好好想想吧，女士。”我说道，看见她正鼓起勇气尖声叫喊。“这封信确实是寄给我的。很遗憾，我将有义务对你的反常行为进行举报。再见。”

这番炫耀以一种非常学究的腔调说出来，使她的嘴长时间张着，从而让我有充足的时间有尊严地走出店铺。我跳上一辆正开往镇外山地的公交车，10 分钟后在德文郡和多塞特郡边界的一个十字路口下了车。在浓密的灌木丛遮蔽下，我此刻相对安全。我打开我的信，希望信中能告诉我为何关于我情况的描述已经被传送到多塞特的邮局。

信是用打字机打出来的，没有签名。不过，索尔已经在信中确切地表明了他的身份。他写下了这样的话：

“鹦鹉使渔夫有利可图。我不能给您送书，免得这些书被发现，追查到购买者。要是您对大篷拖车一无所知，那么再给我写信，我来冒险试试。

“大约两星期前，警察想方设法寻找韦茅斯附近一辆拖车的车主。这是常规调查。露营地已经废弃，孩子们打破了拖车的一扇窗户爬进爬出，地主不想因为这些损坏被追究责任。

“警察确定，车主在买下了大篷拖车的当晚就将拖车租了出去，也就是在奥德维奇地铁站发现有人遇害的那天晚上，车主戴着墨镜。

“随后，他们与莱斯特的一个从事租赁业务的家庭进行了接触。他们得知车主得到了一辆双人自行车和婴儿挎斗作为租金，还讲了一些复杂难懂的假话，为自己进行解释。

“车主曾经从韦茅斯的一位女士那里买过食物。这位女士确定，他墨镜后面一只眼睛的状况比另一只眼睛更糟糕，但其他人并没有注意到这一点。

“此人因谋杀被通缉。但如果这起案件仅仅依靠一名收票员拿不准的身份鉴别——我想情况肯定是这样，那么陪审团将无法定罪。我非常迫切地想让您注意到，如果这个人有着良好的品行，以出于自卫为理由进行辩护，并且拿出充分的证据证明自己遭受到攻击，这起案件将不会被起诉。我郑重地建议朝着这个方向努力。死者是个彻彻底底不受欢迎的家伙，涉嫌受雇于某个外国势力。

“拖车车主肯定会被找到和拘留。根据掌握的情况，他正在露营，或是住在比明斯特附近丘陵地带的荒野之中。在警察开始调查之前，在比明斯特曾经有 3 次见到一个人，此人除了蓄着胡子之外，在其他方面与车主的外形描述很吻合。

“不用说，我始终充分掌握着奥德维奇案调查工作的情况。您可以确定，警察掌握的情况也就是我告诉你的那么多，不会再多了。”

他在信的末尾要求我立刻将信烧毁，我照办了。

我有点儿担心我的洞穴被发现。我的第一反应就是谢天谢地，此刻我掌握了最糟糕的情况，并且及时得到了警报。随后我完完全全意识到自己的愚蠢及其造成的后果；此前的搜索行动漫无目的，遍布整个多塞特，特别是距离我实际位置东北方向数英里的多塞特丘陵地带。此时，搜索行动将会集中在比明斯特与莱姆·里吉斯之间方圆有限的乡村地区。

我当时不自觉地在考虑自己的安全，时刻掌握分分秒秒(我不敢在任何地方稍微多停留一会儿)，而我的意识则经历了数小时的混乱和恐慌。我非常认真地考虑接受索尔的建议，告诉警察我的真实姓名，充分讲述我的国外之行，对我的失踪以及在奥德维奇遭到攻击的情况做出解释。我忘了还有比警察更坏的敌人。

当时，我急切地想自首，这种想法非常强烈，但并未从梦境变为现实。得知自己被追捕者“咬住了尾巴”，只是暂时驱除了另一个恐惧。除了人之外，没有哪种动物能够被两股不同的追捕者同时追踪，除非追捕者合二为一。因此，一个人的聪明才智出现差错，这并不令人惊奇。

理智还是占了上风。假如我恢复身份，必然会面临死亡或者耻辱的命运。假如某些精神错乱的白痴选择将我视为烈士，我将具备发生一流国际事件的条件。我的义务就是自杀——或者更简单点，让自己隐姓埋名地被杀害——而不是寻求保护。

十四

以假乱真的临时栖息处

在我下车 10 分钟后，警察已经到了十字路口。无论是他们还是女邮政局长的女儿都没有耽搁时间。他们将两辆车的前灯打开，照进我藏身的灌木丛，然后闯入丛林。

当下的情况根本没有让我担心。此时已是黄昏，我知道自己在黑暗之中可以从许多警察中间穿过去，或许还能把他们的靴子脱下来。我在他们前面静静地移动，直到不得不从隐蔽处跳出来，要么横穿大路，要么冲向西侧的丘陵地带。我不想横穿大路——这种做法意味着我将追捕行动引入自己的乡村——偷偷溜出来之后又陷入某种未知的困境，同样没有任何意义。我决定与这些警察保持接触——大约有 5 组警察，每组 2 人——于是我跳上灌木丛边缘的石墙，装作犹犹豫豫地待在那里。最后，他们当中有个人看见了我，发出大声喊叫。我突然跑开，沿着长长的、荒芜的斜坡进入德文郡。

由于我的生活经历，我极其适应野外的秋高气爽。我还记得在需要用力的时候，我的肌肉是如何顺畅地做出反应。上帝啊，在这种僵化腐朽的想法当中，它能够有助于我想到自己是个男人！

我打算静静地躺着，无论在哪里，只要有一小片不太明显的遮蔽物，使追捕者注意不到我。但我没有想到有个年轻活跃的督察脱下外套，似乎能够在 60 秒钟之内完成这段四分之一英里的行程。我们已经接近斜坡的底端，我没有机会在金雀花丛中玩“捉迷藏”的游戏，也不可能消失在树篱中。我曾经以为，在即将来临的夜色之中，领先 150 码的距离足以达到我的目的，而这个领先距离已经被缩短至 50 码。

我不得不持续奔跑——要么跑向通往另一片旷野的一扇大

门，要么跑向我能够看到远处有泥泞的农场小道的另一扇大门，小道上深深的蹄印里有水在隐约闪着光。我选择了泥泞小道，越过大门进入18英寸深的泥泞之中。我陷入泥潭，但他也将陷进去，随后耐力将起作用。他在煤渣跑道上的特长将无从发挥。我沿着小道脚步沉重地前行，溅起许多泥浆，就像一匹马越过我和树篱。此时他在我身后只有20码，枉费口舌地朝我吼叫，让我停下来，悄悄地回来。

他仍然深陷湿湿的黏土中，其余警察刚刚进入这片区域，此时我已经走出了困境，踏上硬质路面。在前方，农舍的墙壁隐约可见；墙壁的形状是常见的大写字母E，只是没有中间的一横，住宅在后面，谷仓形成两翼。这里似乎非常适合警察实施包围和搜查；他们在未来几小时将会非常忙碌。而对我必须穿过的莱姆·里吉斯与比明斯特之间的警戒线，将会有所放松。

我往回看。那位督察已经有些落后；至于其余的追捕者，我能听见他们在泥浆里的跌落声和咒骂声。我加了把劲，猛跑着绕过E形墙的下端横线部分。我知道英国农场的整体布局，确定我想要的一小片不太明显的遮蔽物就在角落，确实在那里。我摔落在土堆和阴影之中，脸平贴着地。我看不到这里由哪些东西组成。我的头落在有股消毒剂气味的麦堆里——这些可能一直给绵羊定量服用，防止寄生虫——我的胳膊肘撑在旧磨盘上。那里还有围栏和木柴。最大的一片阴影是由旧式安装台形成的。

督察跟在我后面迅速跑到拐角处，进入打开的粮仓，用手电筒照着马车、成堆的草料和苹果酒桶。他刚刚从我身边经过，我就冲出院子，蹲伏着一声不吭，然后跳下外墙。我在小事情方面从未有过好运气。这一次我的脸栽进了一片荨麻。

警察落后我整整半分钟。他们冲进院子，向他们的督察靠拢。他朝着他们喊道：“小伙子们加油。我已经把这家伙逼到绝境了。”农场和里面的狗意识到，他们当中有罪犯。我听任那帮警察进行他们的搜索行动。搜索可能耗时耗力，因为在他们看来，我根本不可能从他们的三面包围中逃脱，而事实上我已经脱身了。

我不打算回家。我在这条小道上不会有安宁，直到我伪造线索，并且知道警察正在追踪这条线索，不会去其他任何路线。

首先，我必须伪造一个藏身处，并且让警察确信我在那里生活过，使他们不会在比明斯特与莱姆·里吉斯之间进行非常彻底的搜索。

其次，我必须让警察确信，我已经永远离开了这个地区。

我沿着主干道朝着莱姆·里吉斯的方向往回走，之前我曾经搭乘公交车来过这里。嗨，我沿着这条路——我不得不这么做，因为我在黑暗中无法确定自己的方向——但我并没有走在路上。我沿着平行的方向行进，在整整3英里的行程中，每走200码就会爬上一道篱笆，或者强行穿过一片树篱。沿着大路却不踏足于路上，这可是高超的杂技；我开始感到非常疲倦。

比明斯特往东的高地在20英里之外，必须在那里伪造新的洞穴。我决定在莱姆·里吉斯与查茅斯之间的陡坡跳上一辆卡车，我非常肯定在那里能够在司机没有觉察的情况下搭上车。

我在镇外1英里左右的地方抄近路进入一座山谷，从另一侧朝着陡峭的险湾往上爬。在这里，大量车流不得不放缓至步行的速度。我想这是一种灵巧新颖的设计。不过，警察的心思虽然比我更呆板，却已经想到了这一点。在这条路最陡峭的地方，有一位警官配备一辆自行车，一直在密切观察。

我默默地强烈诅咒他，此刻我不得不再下山，前往谷底，把他引开，然后回到大路上。我的膝盖非常沉重，但那里也没有什么别的东西。我站在谷底的一小片灌木丛里，开始以一种极度惊恐的高音大喊大叫——“救命!”“放过我!”“上帝啊，真的不会有人来吗!”随后便发出一连串歇斯底里的尖叫声，听起来令人恐惧，非常做作。女人在惊恐时发出的尖叫声富有节奏，完全不合常理。假如我能够模仿得惟妙惟肖，那位警官可能会以为是某个幽灵或者傻瓜在用真假嗓音变换着反复叫喊。

我很快听到了嘎嘎的刹车声，几个模糊的身影在我向上跑的时候跑进了山谷。我朝树篱上方仔细看。警官不见了。路边有一辆杂货商的厢式货车和一辆运动跑车，空无一人。我推测，我应该能够安全地使用这辆跑车至少25分钟——赶在这些人放弃对谷底灌木丛的搜索行动10分钟之前，赶在他们找到电话5分钟之前，再赶在巡逻队和警车得到警报10分钟之前。

我用围巾包住头部和胡子，然后出发，赶在一辆正在上山、发出砰砰嘈杂声的牛奶卡车前面，以免车主认出他自己车辆的发动机。这是一辆好车。我用了11分钟就完成了前往布里德波特的9英里蜿蜒路程，又用了10分钟沿着多尔切斯特大道行驶了10英里。我当时很讨厌那样的速度，现在也对此感到惭愧。司机无权驾车平均速度超过40码；如果他想吓唬同伴，总是会有一些争斗，任何一方都会乐得让他沉迷于自己的乐趣，同时还可以进行某种健康运动。

我在距离多尔切斯特3英里的地方向左转，然后将车丢在一条不被注意的小道。这条小道在高高的树篱之间，只有车那么宽。我在车主的驾照里塞了10英镑，并用铅笔写了致歉信(用左手以大写字母书写)，表达了我真诚的期望，即这些钱能够支付他当晚的住宿费以及其他任何意外损失。

此时已是午夜。我穿过丘陵，在不被发现的情况下悄悄绕过一座村庄，进入斯德林山谷。从地图上看，这座山谷与多塞特的其他山谷一样，就像是一条偏僻的死胡同。我当晚的剩余时间待在覆盖的干草堆里，在干草和波纹铁之间睡得很暖和、很踏实。警察在天亮之前发现这辆车的概率可以忽略不计。

我早餐吃了黑刺莓，然后向北沿着分水岭行进。在四分之一英里以西，有一条主干道。我在两个交叉路口看到有警察的公告。在下面的山谷，一辆警车正朝着斯德林飞驰。他们并未打算去观察草地里的踪迹，我想他们相信来自伦敦的罪犯从来不会远离公路。苏格兰场（伦敦警察厅）① 无疑已经有了确切的统计，能够显示出我的下一步行动。我的偷车行为已经使我彻底被划入恶棍的行列——在他们看来，我就是一个明目张胆、自吹自擂的恶棍。

斯德林山谷两侧的丘陵是让我遂心的乡村：一片片金雀花，一片片树林，由蔓延的树篱连接着，使我能够避免被偶尔出现的牧羊人和农夫看见，但浓密程度还不足以迫使我爬上去。我想当然地认为所有的高地都设置了警戒哨，并且推测——我想没有必要——使用双筒望远镜和眼睛进行观察。

山谷的终端是一大片草地和树林，没有道路穿过，距离山谷 2 英里。干涸的洼地从山谷顶端向上延伸，就像扇子的扇骨一般。假使我自从 9 月份以来一直在其中的任何一道洼地露营，都可能是非常合理的做法。

我选择的那片洼地，一侧是一片榛树，另一侧是一片橡树。在两侧树丛之间，褐色的凤尾草长到了齐腰高，一片草皮穿过

① 苏格兰场是英国首都伦敦警察厅的代称。伦敦警察厅负责地区包括整个大伦敦地区（伦敦市除外）的治安及维持交通。苏格兰场位于伦敦的威斯敏斯特市，距离上议院约 200 码，是英国首都大伦敦地区的警察机关，1829 年在内政大臣罗伯特·皮尔主导之下成立。

凤尾草，野兔正在草皮上吃食和玩耍。这片林中空地有狐狸、跑马和野兔的气味，甜蜜的麝香萦绕在干涸的山谷中。山谷中有浓浓的露水，水流淌到地下几英尺深。仅有的人迹包括两座破落的村舍，若干捆砍下的榛树枝，还有散落在草皮上的少许弹壳。

在通往村舍的绿色小道上长着高高的蓟，没有任何破损，表明几乎没有人从这条路穿过。花园已被野生植物覆盖，但有一棵苹果树正在结出果实，尽管荆棘和常青藤趴住了低矮负重的树枝。遭受侵袭的树木和花园使我想起了热带地区。

这些村舍没有屋顶，但其中一座村舍有灶台，往回延伸 2 英尺，进入厚厚的砖石建筑。我用坍塌的石头在它的周围建了一截毛石墙，成功地筑成了一座颇为可信的逃亡者栖息处，比我自己的洞穴更干燥、更通风，只是没有那么安全。我在劳作的时候没有看见什么人，只有一位农夫骑着车穿过对面山脊的凤尾草。我知道他在找什么——一头奶牛刚刚生了小牛。我今天早些时候还撞见过那头奶牛，并且被这个确切的迹象鼓舞——农场很大，满是遮蔽物。

夜幕降临时，我生起一堆火，并让火猛烈地沿着烟囱向上燃烧。这样一来，带来的灰烬和油烟像是许多堆火燃烧的结果。当火在燃烧的时候，我躺在榛树林里，防止有人被光和烟吸引过来。之后，我坐在灰烬的上沿，打瞌睡，打哆嗦，直至黎明。此时我仍然穿着在城镇时的外套，难以抵御10月夜晚的寒冷和薄雾。

我很难让这个地方看上去像是我在这里生活了几个星期。我将一只野兔的死尸扔得遍地都是，一塌糊涂，山谷上的空气也多多少少被污染。我对村舍里的东西进行糟蹋和践踏，剥去苹果树的树皮，将苹果核和坚果外壳撒在地上。斑尾林鸽和秃鼻乌鸦的一堆羽毛，成为我日常饮食的又一个证据。采摘老鹰食物的残骸，在上述所有做法中最令人作呕。

十五
声东击西

我白天坐在凤尾草里等候警察，但他们找不到我。他们可能以为我走向了海岸。毕竟与其他任何地方相比，我都没有能站得住脚的理由待在斯德林山谷。我充分利用夜晚的时间。首先，我从垃圾堆里收集了十几个空罐头盒，将它们堆在村舍的角落；然后，我走下沉睡中的斯德林山谷，对乡村商店进行打砸抢。我的目的是吸引那些顽固不化的警察们的注意，同时搞到一些干鱼。在这个爱好运动的国度，某个该死的蠢货一定会让猎犬闻闻我的气味。

在我可以自主支配的几秒钟里，我找不到腌鱼和熏鱼，但我拿了4听沙丁鱼罐头和一小包肥料。我朝着丘陵地带飞奔，此时整个村庄在大声抗议，在小声抱怨，在猛力关门。在深更半夜听见突如其来的嘈杂声，这在斯德林山谷有史以来恐怕还是第一次。

我一回到自己的村舍，就将沙丁鱼罐头和肥料包一起捣烂，将它们混在一起装在包里，然后在我刚才坐着的灶台角上和我建起的墙上摩擦。我将这个包拴在一根绳子的末端，拖着它穿过榛树林，登上山顶的欧石南，绕着橡树林，随后进入俯瞰村舍的凤尾草。我待在那里，睡了一会儿。

尽管我给警察提供了这些“帮助”，但他们差不多直到正午才发现这些村舍。他们绕着走进村舍，就像在教堂里一样恭敬，在所有可能留下指纹的表面撒上粉。但实际上根本没有指纹。我从未摘下手套。他们肯定认为自己正在对付一名惯犯。

半小时后，一辆警车颠簸着驶上草地。我的一位老朋友下了车，走进村舍。我完全忘了他此时已是多塞特郡警察局长。假如他仔细观察那些羽毛，随即就会发现杀死猎物的是老鹰，而不是人。但他自然地将这桩刑事案件留给了苏格兰场，他们的调查工作不可能深入到究竟是通过背部羽毛还是胸部能够杀死鸟类。

干涸的谷底开始看上去像是卡迪斯托克的会场。我预料到的几只猎犬出现了，身后拖着一位嗜血的年轻女子。她大喊大叫地催促这些猎犬。她的脚很大，我在200码以外都能看得见——大号拷花皮鞋，就像航行在绿色海洋上的小船。在她的身后，是半数的斯德林村民和少数当地贵族。有两个家伙骑在马背上。我对他们的粉红色外套赞叹不已，我想他们应该为我的褒奖支付报酬。

猎犬跑走了，去跟踪追赶混有肥料的沙丁鱼气味。我也跑走了。它们追着我的包，穿过榛树林和欧石南。我足足有半小时的领先距离。我越过主干道——在沟渠之间急速奔跑，而负责监视的警察正沉溺于远处大海的美景。接着，我沿着树篱滑入卡迪斯托克上方的大片金雀花源地。我在此行进的路线如此复杂，那位脚大如船的阿尔忒弥斯女神①一定会以为她愚蠢的

① 阿尔忒弥斯，宙斯和勒托的女儿，阿波罗的孪生姐姐，是希腊神话中的狩猎女神，为奥林匹斯十二主神之一。

情人正在追踪野兔。我绕过卡迪斯托克，听见他们令人愉悦的钟琴乐曲，发出最恰当的韵律。在我经过时，他们演奏的是“约翰·皮尔”，接下来是“慈光导行”。此时已是5点半，夜幕正在降临。我涉水进入富勒姆，从大西部铁路①底下穿过，然后向上游涉水走了1英里左右。无论何时，只要有人将要看见我，我就躲在灯芯草中。随后，我将沙丁鱼埋在河底的碎石里，带着自己的气味继续前进。

猎犬在对人进行跟踪追赶方面能够做到哪些，做不到哪些，我对此一无所知。我不确定它们能否真正追踪到我的气味，从村舍追到我的小道，但我得防止这种可能性。回顾那两天，看看我做的所有这些粗鲁之举，令我感到振奋。

我缓慢向西移动，沿着小道，但不敢掉以轻心——缓慢地，刻意缓慢地。我采用的这种技巧，自从我成为亡命之徒后就已经得到了开发。此时已是凌晨将近4时，我摇摆着爬上充当前门的榆木树枝，然后爬下来进入小道。我感觉阿斯莫德正在触碰我的腿，但我在安全的黑暗深坑里看不见它。我将黑暗视为

① 英国大西部铁路：这条铁路于1836年开始动工，1841年完工。这条线路连接伦敦与英格兰西南部、英国西南部和威尔士。

安全地，实质上已将我与那些家伙分开。只有在所有敌人都是人类的情况下，黑暗才能成为安全地。

我早餐吃得很多，有牛肉和燕麦片。随后，我将在城镇穿的外套放在一边，准备将它做成包裹和绳索——此刻很适合将外套改制成这些东西。将外套这样处置，我感到宽慰；它使我不由得回想起报纸上衣冠楚楚的男子。随后，我不穿衣服便滑进睡袋——防水的“豪华城堡”，然后一觉睡到黄昏。

当我醒来时，我感到精力足够充沛，于是躺着尝试着第二波声东击西的战术：让警察相信我已经永远离开了这座乡村。这很仓促，但很有必要。我仍然认为这是必需的。假如我不离开，自行车就会在小道上，我出现在这里的痕迹将比此刻更明显。

借助两根蜡烛的亮光——头顶照明灯的电池已经耗尽，我开始了不那么神圣的行动，将双人自行车进行重新组装。午夜之后，我又有了自行车，完完整整，未被扎破，小道被扫清，荆棘也被一种足以令人生畏的样式进行了重新布置。

我穿上最暖和的工作服，扯掉所有明显标志和制造商的名牌。我在内胸袋里装了一瓶威士忌，带上大量食物。这样一来，我离开几天也不用担心。即使是通风孔也不再令人怀疑，因为阿斯莫德使用通风孔的时候，门卡在里面，入口会适当留有沙质和爪子破坏的痕迹。我想，当我不在的时候，它总是将洞穴当作它自己的老巢。不过，它是一只爱干净的猫，从不留下一点临时租用的痕迹。

我骑着自行车小心翼翼地穿过马什伍德山谷的小道，登上远处的山冈。岔道上空空荡荡。在越过主干道之前，我将自行车放在树篱中，然后徒步或是俯卧着探路。有一次我险些被抓。当时我几乎缓慢爬到一名巡警那里，他比我高，我把他当成了树桩。这个错误归咎于厚厚的大衣。我相信，狗常常会犯这样的错误。

到了黎明时分，我经过克鲁肯，恰好进入萨默塞特。此时应该让我自己被人看见，让警察沿着那条小路追踪。小路明显向北通往布里斯托尔，或者布里斯托尔海峡的某个小型港口。我匆匆穿过两座散乱分布的村庄。在那里，我让早起者有机会看见我，从而可以在当天余下的时间就此进行谈论。随后，我继续前行，进入古罗马时期的大道——福斯路，沿着通往布里斯托尔的箭一般笔直的道路迅速行进，引起了路过的卡车司机们的喝彩声和笑声。我的样子看上去实在不应该被当作罪犯——沾满烂泥，胡子拉碴，骑着双人自行车，古怪得就像是常常用折叠自行车在大厅耍把戏逗乐的流浪汉。

我在主干道上现身了 1 英里多的路程之后，做好充分准备将自行车永远藏起来，我自己也躲了起来，直到黄昏。不过，这条古罗马时期的大道两侧的乡村很空旷，遮蔽物非常少；实际上，这座乡村的大片区域都在公路的水平高度以下。我继续地骑着自行车，希望能够到达一片树林，或者荒野，或者采石场。这里全是平地，还有精心修剪的树篱和浅浅的排水沟。

在大道的一侧，是一片空空的卷心菜地——这也是那些令人伤感的田地之一。有煤渣小道通往这片卷心菜地，还有破败不堪的棚屋靠着一堆垃圾。在棚屋附近与大道一箭之隔的地方，有一辆废弃的汽车。路上唯一的车流，还是一两英里以外的一连串黑点。此时，我将自行车举起来，扛到肩膀上，避免留下踪迹，然后蹒跚着走进棚屋的隐避处。我将自行车的两套把手压扁，使自行车可以平放在地上，随后将它塞到汽车底下，再将踩踏的杂草恢复到相对直立的状态。直到上面的汽车腐烂，自行车才会被发现。到了那时，自行车与其他生锈的碎片将会没什么区别。

这时候，我自己得躲起来。棚屋太显眼了。树篱不足以遮蔽。我甚至不敢冒险走四分之一英里的路程。我别无他法，只能躺在枯萎的卷心菜中间的黏土上。在菜地中间，我非常安全。

这是令人厌恶的一天。在灰色的早晨，英格兰的平原让我想起了经典的地狱——平淡乏味的环境，只有田凫在叽叽喳喳地叫，还有苟延残喘者在回忆丘陵和阳光。卷心菜就是这座地狱中的水仙。在经历了逃亡期间的疼痛和暴露之后，躺在自己国家的卷心菜中间本应不算什么事儿；但那会儿是夏季，此时是秋季。在细雨中静静地躺在黏质土上令人恼怒。但是安全！假使那片糟糕菜地的主人一直在耕种，他恐怕会在尚未注意到我不是泥浆的时候，就已经将挖穴器刺入我的身体。

我感到非常无聊。下午早些时候，一辆汽车停在进入菜地的门口，3 名警察嘎吱嘎吱地踏上了煤渣路，我居然对此感到欣慰。在这几个小时里，我一直在期盼他们。他们知道我当天早晨在福斯路被人看见，此后便不见了踪影。因此，他们肯定会沿着公路和岔道对每个可能的藏匿处进行搜索。他们搜查了棚屋，还有那辆正在腐烂的汽车。我一直将脸埋在胳膊里，不知道他们有没有特别朝着卷心菜地瞥一眼。可能没有。这片菜地如此公开坦诚，如此纯洁无瑕。

我战栗发抖，在那片令人厌恶的田地里无休止地抱怨。我设法通过稍微调整一下找到舒适感；实际上根本没有舒适感，但我一心想为此而调整体位，比方说将脑袋从胳膊肘挪动到前臂，或是搓揉着双脚，从靠着脚踝到靠着脚背。我对能够进行的各种动作产生的不适感进行仔细比较。我将呈四分之一扇形散布在我眼前的卷心菜田埂想象成图案。我折磨着自己（因为即使折磨或许也是一种消遣），想想内胸袋里的威士忌，但不让自己去碰它。我非常清楚，我不敢碰它；即使是通过必要的扭动拿到它，还有镀镍层的闪光，可能也会让我暴露。在公路上有许多汽车和骑车者。菜地的主人大概已经得到通知，他的棚屋受到警察的查访。他在两位朋友的陪伴下倚靠着棚屋，以沉默的自尊察看他的财产。此前，蒙默思郡的部队曾从塞奇高沼冲出来，马匹摔倒在那片可恶的耕地里，然后像我、像幼虫一样在污泥中爬行；此后村庄里居然有如此令人兴奋的事件，我还真没想到。

最后，卷心菜地的主人回家去取浸水的茶叶。此时夜幕降临，我站了起来。那瓶威士忌我喝了四分之一，然后离开大道向东前行。在黑暗中越野行进几乎不可能。我沿着排水沟和树篱摸索着前进，常常绕着田地走了三条边，才找到出路——当我找到出路时，这条路总是通往某一座村庄，或者折回到那片卷心菜地。

这种迷途困惑延续了一两个小时。之后，我直接穿过乡村，遇到障碍就爬过去或者蹚过去。这纯粹就是顽固不化。我身上一直湿到腋窝；我就像河马一样留下踪迹。由于我不知道正前往哪里，因此整个行进完全没有目标。最后我总算走上了小道——或者说是大道，我应该这样界定，这些道路是狭窄的带状柏油路，附以低矮的树篱。在那里，我大部分时间装作一个麦堆，因为路上的行人相对密集，平均每 200 码的距离肯定会有一个人。在这座沉闷的山谷里，晚间娱乐活动就是到另一座村庄逛酒店喝酒，然后再回来。你如果没有钱买啤酒，还可以和一个女孩躺在防水斗篷下面。在正常情况下，我只是同情这种如此执着于生育前奏的做法，但我无法看出路边的这一个个群体是人，直到几乎踩到他们身上。我自己的郡民则是寻欢作乐，追求享受。下雨时，我们在什一税①谷仓里，或是教堂的走廊上，或是女子学院后面的台阶下调情，不在乎有谁看见我们。贸然打扰者估计也就是哈哈大笑，然后把脸转过去。

如果不是因为偶然发现了一条铁路线，我本应被迫在卷心菜地里再待一天。我沿着这条铁路线前往约维尔，悄悄地迈步踏过一道道枕木。两名走路回家的铁路职工从我身边经过，他们的长筒靴踩在道砟（zhǎ）上，足以向我警示他们距离我越来越近。我躺在路堤底部避开了他们，还避让开一列火车。

在地平线上，夜幕越来越浓，告诫我正在抵近约维尔密集的小房子。当时大约深夜两点，岔道已被废弃；因此我调头向南前往丘陵地带。秋日的黎明缓缓地驱走夜色，形成薄雾，我能感觉到脚下短短的草皮，看见崖壁上凡是被人和动物擦刮之处，都有白垩和燧石在闪光，

我在装有水管的泉水处饮水，这里本是用来供应畜槽的。我躲在方圆半英亩的野生金雀花和欧石南地中央。在这里，我

① 什一税起源于旧约时代，由欧洲基督教会向居民征收的一种主要用于神职人员薪俸和教堂日常经费以及赈济的宗教捐税，这种捐税要求信徒要按照教会当局的规定或者法律的要求，捐纳本人收入的十分之一供宗教事业之用。

吓着了一只老雄狐，也吓着了我自己。当时，我开始想得更多。我自鸣得意地以为，我能够像所有文明人和大多数野蛮人那样几乎要拿下比赛；事实上，我6岁时被赠予第一支气枪，并被告诫不得用枪指着人——这条禁令我一直在遵守，只有一次例外。此后，这是我最喜欢干的事。不过，我本不应该鼓动自己朝着狐狸接近到3码范围内，即使知道它在哪里，并且有意悄悄靠近它。奇怪的是，我担心我已经如此出于本能地悄悄行进。我提防所有放松泄气的迹象，病态地急切让自己确信，我没有丧失任何一点人性。

我选择南部的一截河岸。在这里，低矮的欧石南正在逐渐蔓延到草皮。我向后朝着泉水的方向，躺在绿色的沉床下面。太阳预示着会有点热，我将外套和皮夹克铺开晒干。我美美地打着盹儿。如果有鸟儿在金雀花上栖息，或者有野兔快速穿过河床，我就会醒来，但随即再度安然入睡。

十六
遭到枪击

正午过后不久，我彻底醒来了。没有任何可以即刻想到的原因能够解释我突然间神志清醒，于是我盯着金雀花上面看。在顶着风的方向，有两个人正沿着山脊闲逛。其中一个人是多塞特警察局的警官，另一位是矮小的农夫——这是我根据看到的情况判断的，因为他带着老式的锤枪。他们在10码的距离范围内从我身边经过，那位警官脚步坚实地踩压路面，似乎是在搜寻那片宁静而有弹性的草皮下面的人行道。那位农夫则是步伐沉重，膝盖略微弯曲，像是很少走在平地上。

我决定跟着这两位神情严肃的漫步者，听听他们说些什么。他们正在谈论我。那位农夫突如其来地说道：“我确定他这段时间一直在往萨默塞特走。”——这是最后的定论，就像人们会说：我确定他去了南美，并且死在那里。

在白垩山丘上到底有多少遮蔽物，这真的很奇妙。一群人不可能在行动时不被看见，但一个人可以。在南英格兰的山谷里，虽然树篱和栅栏看上去像是从山顶连绵而下的林地，但它们还是迫使逃亡者选择走其他人的老路，就像我一样，迟早会被迫屈服，祈求土地将他覆盖。不过，在光秃秃的——显然是光秃秃的山丘上，有一些史前的矿坑和堑壕，还有大树的树桩、金雀花和树丛的上缘，以及幽静的谷仓和荆棘灌木丛。只要有树篱，不是形成小树林，就是满是空隙。

赶上他们很容易。他们以平缓的步伐走着，时不时停下来说几句话。他们谈论的重要事情不会受到行进的干扰。最后，他们停在一扇大门处，趴在上面，凝视着20英亩坚硬的绿色糖萝卜，这些糖萝卜朝着山谷的金色树篱向下倾斜。我爬了一段干涸的沟渠，来到能听得见他们说话的地方。

警官叽里咕噜说了一长串，最后一个词是“外国人”，声音洪亮，富有冲劲。

“呃，他们这些杂种！”农夫说道。

警官在仔细考虑这个问题，他小心地朝着他的同伴和我转过来。他是穿制服的官吏，因此我猜想，他可能会非常老练。

“我可能不得不那么干。”他说道，“这并不是说我能容忍外国人——但我不知道我将会那么干。”

他们还谈了更多的内容，可是我听不见，因为他们俩都没有兴奋地提高嗓门。我想，农夫肯定已经否认有外国人来过多塞特。他们的提议差不多是在批评他的郡。

“我告诉你，确实有像他那样的外国人。”警官说道，“我知道这个情况，是督察告诉我的。他说……”随后他的声音再度变弱。

“马多纳夫人说他是一位优雅的绅士。”农夫咯咯地笑道。

警官也附和着轻声笑道，随后表现出被冒犯的样子。

“告诉我她不可能记不得他，她记得！她说过，别来问了，就像把公牛当作肮脏的普通酒吧。她说过。”

那里传来了更多的笑声，之后变成了喧躁的傻笑。他们俩都想起了奢侈的马多纳夫人，并相互取笑对方掩盖得不太到位的言辞。马多纳夫人是一位值得尊重、热心待人的寡妇，是我在比明斯特用午餐的那家酒馆的主人。她对我说，医生在伦敦医院之外从未见过像马多纳先生那样的肾脏。

我的这两位朋友动身穿过丘陵，我还待在沟渠里体味着这些支离破碎的消息。我烦躁不安，但并不觉得奇怪。很自然，我的敌人们应该已经掌握了苏格兰场关于我下落的线索。如果尊贵的老圣乔治不能有效利用这些线索，他们在伦敦的某位报社记者就会利用。这毕竟不是什么机密信息。

我重新恢复到之前在金雀花中间的姿势。午后的阳光有着行将完结的夏日灼痛，我正集中全力悄悄潜行。到了傍晚，我吃了最后一点储存食品，又在泉水边喝水。幸运的是，我碰都没碰剩下的半瓶威士忌。我担心它的酒劲——轻微但足以给予我信心，在这整个冬天，我何时能够安全返回那条小道，并且恢复内心的宁静，取决于此刻我是否以极度的谨慎开始行动。

我朝着山顶的方向，沿着山脊路向南行进，直到在伊加顿山丘抵达路的尽头。我在那里迷了路。没有星星引路；我虽然知道自己在伊加顿，但无法辨别是从哪个方位即刻抵近这里。

这里的小道有古代的，也有现代的；有绿色的，也有碎石铺面的。这些小道交叉转换，就像货场里的作业线。最后，我发现自己在营地的外围沟渠里。为了确定方向，我绕着巨大的环形土方工程走了半道，直到能够看到远远的下方有城镇的微弱灯光，那里肯定是布里德波特。

空旷的环境无边无际，远处的黑暗没有成形。西南风盘绕在草皮上，我顶上的土墙三折线就像是平静的海浪穿过夜色。我仿佛是在安第斯山脉的东部山坡上，脚下是杳无人烟的森林大地。我本来可以抱着这种希望。我在那里本应该感受到孤单、安全，那里是坚不可摧的边区村落。

伊加顿就像一座城市一样让我触动。营地常常闹鬼。我感觉不到建造者的存在——那些不知名的帝国主义者在高高的白垩岩设置了兵营。但突然之间，我对脚下沉睡的城镇和乡村感到恐慌，这些城镇和乡村簇拥在空荡荡的伊加顿周围。一位女当家和她的马驹令人恐怖地跃出沟渠，疾驰而去。就在正常视距之外，一片荆棘丛徘徊于现实和虚幻之间；它呈圆形，黑色，就像隧道的入口。我有些罪恶感。我曾经毫无目标地进行过杀戮，我的伙伴们都聚集在我的周围，防止我再开杀戒。

我跌跌撞撞地走进山谷，强迫自己走慢一点，目视前方。如果伊加顿山丘里有活物，我应该已经下手了。我执着地感觉到，整个南英格兰都在挤进这座山冈。

在小道与小道之间、农舍与农舍之间，我朝着“家”的方向时而躲闪，时而飞奔。我脑子里想不起来自行车的挎斗在哪里。我不知道它是否惹上了麻烦。如果被警察发现，从小溪旁带走进行鉴别，他们可能不相信这是村舍的迹象——只要没有人提出质疑，这就很好——并且会对我所在的乡村进行搜索。

挎斗距离人们时常光顾的岔道只有一块田地，但却很安全。有一条浑浊的小溪在纵深的河岸之间流淌，山楂树在顶上拱起。我想，挎斗在几年之内都不会被发现，除非某个乡巴佬突发奇想从小溪的河床蹚过去，或是某头奶牛从灌木丛中摩擦着挤过去。

我以牛打滚的姿势进入到水里，膝盖以下陷入泥潭，在山楂树下艰难前行。我看不见挎斗。我确定那个地方，但它不在那里。我没有担心，但我感到水里的寒冷带来的一阵刺痛。我继续努力向下游前进，认为挎斗是因为水流的作用力而移动了位置。我很清楚，现在也能记得，只有冬季的洪水才能使它移动。

我终于看到它了，黑暗中有一个模糊的白色块状物体斜靠在被小溪拓宽的急流浅滩处。我非常高兴能够找到它，以至于我毫不犹豫，根本不听几乎在耳边喧嚣的直觉，这应该归因于焦躁。在到达伊加顿之后，我再未让空想干扰过我。

我正趴在挎斗上，此时有个声音非常温和地叫着我的名字。我直起身来，被惊呆了，以至于片刻间无法移动。一束微弱的光线突然照在我的脸上，然后是一阵呼啸，我的心脏遭到了粉碎性一击。我被打得往后退，越过婴儿车，身体倾斜着，朝右侧栽倒在泥浆里，头部有一半在水里。我不记得是怎么摔倒的，只记得那束光和同时发生的爆炸。我想，我在栽到泥浆里的时候肯定已经没有了意识，因为我的心脏经过了如此长的时间才恢复正常跳动。

我仍然处于崩溃状态，目光凝视着，努力恢复生命的延续。假如我还有力气，我应该会发出狂笑。人的心脏被一束光刺穿，却仍然活着，这似乎太离奇了。我听到刺客用低沉而狂热的声音朝着他愚蠢的伙伴呼喊，似乎是因为刺杀了异教徒而感谢上帝。随后，一辆汽车静静地驶上道路，我听见门砰的一声关上，有人出来了。我仍然躺着，不确定枪手是否去迎接新来者。他去了，因为片刻之后我听见他们的声音，他们正走向小溪，大概是来收我的尸体。我爬着穿过草地和远端河岸的急流，然后突然向“家”的方向飞奔。我并不羞于记得当时的恐惧、震惊和不顾一切。被伏击者枪击，可让人吓坏了。

我跳进我的树，然后向下进入小道，顾不上只要移动右臂就会产生的阵痛。随后，我关上身后洞穴的门，躺着镇定下来。当我重新能够更好地控制自己的心气时，我点了根蜡烛，仔细检查伤口。

从4.5毫米口径左轮手枪射出的子弹旋开了我内胸袋里的威士忌酒瓶镀镍层，斜着钻进我的皮夹克，停留在我右肩的肌肉上。（这一点最重要，谢天谢地！）它距离表皮很近，我用手指就将它挤了出来。穿过我胸部的皮肤被挫伤破损。我觉得自己就像是被火车头撞倒，不过没有造成严重损伤。

我知道为何追捕者没有折腾去检查猎杀的对象。他沿着闪光灯的光束开枪，注意到子弹击中了目标，看到威士忌酒即刻染污了我的外套胸口，并且四处扩散，这在人造光的条件下无法与血液区分。他暂且没有必要对我进行更多的关注；他不需要我的毛皮或是肝脏。

我将自己包扎好，点燃一根烟斗，想想朝我开枪的那个家伙。他使用的是左轮手枪，因为在如此茂密的遮蔽物中，在如此近的射程条件下无法使用步枪。但他的技能表现出他有着猎杀大猎物的经历。他让我开始回想。他知道我迟早会回去看看那个挎斗。他温和地叫着我的名字，让我转过头来，这个做法太完美了。

他们已经派出令人畏惧的特工人员。他知道我是谁，是什么样的人，而警察并不知道。因此，他对我精心伪造的踪迹感到怀疑。他推测出简单的事实：我曾经愚蠢地前往莱姆·里吉斯，此后我的玩偶盒把戏只不过暴露了我的焦虑。因此，我在距离莱姆·里吉斯不远处有个安全的藏身处，几乎可以肯定是在比明斯特一侧。他对挎斗的秘密搜索可能持续进行了几个星期，随后专注到正确的位置。他找到挎斗应该归因于想象力而不是运气。挎斗肯定会在某条小道或者车道附近；可能会在树林里或者水里。我想假如我是他，我应该选择在水里。我的逃亡之旅有一种模式。我偏爱躲藏，步行，借助水迅速摆脱追踪。正如西班牙人会说，水就是我的克伦西亚——我的安全区域。

很好，他已经错过了。我想我是在另外某种背景下记述，我已经忘了在此背景下上帝会眷顾硬汉。尽管如此，这位冒险家应该感到满足——我之所以给予他这个头衔，是因为他肯定等候猎物上钩等了两三个晚上，并且准备等待更长的时间。他已经发现了我一直躲藏的那一块乡村区域，他甚至可以确定我的洞穴在哪里。我惊慌失措地飞奔穿过湿草地，表明我在向南逃跑。我不会在沼泽地露营；因此我只能选择露宿于远处半圆形的低矮山冈，或者在山冈稍高处。可以这么说，他所需要做的就是进入茂盛的草里，去搜寻他受伤的猎物。追捕的范围已经从整个英格兰缩小到多塞特，从多塞特缩小到村庄西角，从村庄西角缩小到 4 平方英里的范围。

十七

又是奎武·史密斯

我已经知道这个命运无论是推迟了数月还是数年，此刻正在向我迫近。不过，我在小道上的安宁生活缓解了我的恐惧。我过去往往会苦思冥想自己的动机，庆幸于自己高超的智慧；我更偏爱回顾而不是期盼。事实上，也没有什么期盼的，没有活动，没有目标；因此，我紧紧抓住，紧紧抓住已经拥有的一切——这条小道。我或许已经逃脱，就地补给。但迟早会有这么或者那么一群野兽将我赶进洞里，没有哪个洞会像这座洞穴那么深，伪装得那么好。

很明显，如果我待在现在的地方，就必须完全改变封闭小道的做法。荆棘必须去除，这个地方得敞开接受检查，我自己得生活在地下。

我立刻开始动手。西南方向的大风突然席卷山坡，带来了浓密的云层。云层的高度足以让雨水猛击地面，造成刺痛；云层如此之低，以至于整个天空似乎都在运动之中。我很高兴能有这场雨，帮我冲走了我的所有痕迹，并且使汽车里的那两个人暂时打消了追踪我的企图，直到能见度得到改善。

东侧树篱在我挖掘洞穴的上方，像村舍一样宽阔，在冬季和夏季应该都无法穿透。然而，束缚着这片犁地的西侧树篱未能占据如此广阔的土地，形成的遮蔽屏障相对稀薄。我对这段稀薄的遮蔽屏障进行了加固，去除了平台上的树干，还有许多疏松的矮灌木丛。冬青树和更大的荆棘分枝被我塞入东侧树篱，并将截面遮挡起来。我将垃圾坑上的土用力踩下去。此时，水沿着小道底部急速流淌，使得死凤尾草和红砂扩展成一层平滑的区域，将垃圾坑和地面覆盖。随后，我到室内休息，让雨水冲刷我的脚印。我再未有机会将劳作时穿着的衣服弄干。

痕迹清除得并不完美。凤尾草和荨麻被压碎。然而，由于整条小道到处都是残破的秋日碎片，我踩踏和搬弄的痕迹并没有完全弄平整。那里有一些微弱但很明显的气味。最糟糕的是，有一些脚步毁坏了榆树的树干内侧，无法进行伪装。如果打算进入树丛搜寻我的那个家伙目光敏锐——我知道他确实如此——他肯定会觉得这条小道可疑；但我希望他否定自己的怀疑，并且得出结论认为，无论我是否曾经生活在树篱之间，我已经逃到了空旷地带，并且伤重身死。

门形成了一道完美的伪装；我在门的周围种植了与门头上一样的杂草，没有人能够区分植根于土里的杂草和用胶水黏附的杂草。一些常青藤从树篱蔓延着挂在门上。

从那时起，烟囱成了我钻出地洞的通道。这条通道穿过牢固的砂石，其直径足够容纳我的身体；只是最后10英尺的破碎石块和泥土必须进行拓宽。我当天下午完成了这项工程——这是一场噩梦般的劳作，我的肩膀很痛，不时得停下来休息。随后，我将开始幻想着草根、石头或是正在拍击我的水流。我再度爬起来开始干活，半裸着身体，被红土弄得脏乎乎的，从心灵到身体都像是没有人性的生物。我想有时候我肯定睡着的时候还在干活。这是我第一次经历这种茫然的尘世梦想；此后，这种情况变得很平常。

睡了一晚上之后，我对这条地道进行了检查，感觉它似乎很奇怪。我并未打算穿透任何比拇指粗的树根；我已经绕了过去。在某个地点，我刚好从烟囱开挖，然后又折回到起点。这么做有好处。尽管地道的曲线需要有奇特的弯曲，可以进进出出，但树根可作为梯子的阶梯，斜坡可作为积水坑。地道口在黑刺莓丛的下方仍然遮蔽得很好。唯一的失败是，我的内室此时已经布满了湿润的泥土，我没法将它们倾倒到别处。

上帝啊！当我回忆起这段时间的时候，那几个小时的埋头劳作似乎很快乐，尽管有所有这些泥泞以及难以捉摸的恐惧。我有事情做。有一些事情必须得做。当人们出成果时，就不会有噩梦。人们在自给自足的时候，开始对现实不确定，无法区分内心的想法与展现给外部世界的形象。

此刻，我盯着自己的脸，希望能找到那种心理状态——我第一次对着渔夫镜子看的时候感到惊讶的心理状态。我想从自己的脸上找到宽慰，想知道这种折磨就像上次那样已经使我的面部更精致。我看到自己的眼睛被泥土弄脏，头发和胡子沾满了血红色的土，皮肤呈灰色，疏松得就像被压碎的蚯蚓。这是洞穴里的动物面具，极度恐惧，蠢蠢欲动。

但是，我不能抢先采取行动。为了保持头脑清醒，我有必要依次处理事情。这就是这份自白书的目的：合理地、丝毫不差地按顺序辨别事物，让那个人重新恢复他的厚颜无耻、佯装无知和足智多谋。在记述“他”的时候，我暂时把自己当成了“他”。

在小溪旁朝我开枪的是奎武·史密斯少校。我很肯定，因为他随后的举动和他的性格与在挎斗旁耐心等待的做法很吻合，也与叫我名字让我转过头的做法吻合。（此时我知道他是一个老奸巨猾的家伙，已经超越了同辈人，掌握了猎人的秉性。）

我用了两天的时间从伤痛中恢复过来。我本来伤得比较轻，但由于所有这些突然进行的艰难跋涉而加重。到了第三天，我从烟囱里出来，沿着东侧牧场的边缘在灌木丛之间爬行，直至抵达小道底部被常青藤覆盖的一棵橡树。这棵树几乎已经死去，已成为鹁鸪的乐园。我从树顶上可以看到马什伍德山谷像地图上那样延伸；我还向远处眺望帕塔雄农场的院子。

帕特和帕塔雄是我给两位邻居起的名字。我出乎意料地生活在他们之间，就像邪恶精灵一样。我掌握了他们的行为方式和性格特点，但没有机会获知他们的真实姓名。农夫帕特是奶牛和东侧树篱的主人，是一位高个子、瘦削的年轻人，褐色的脸上有些皱纹，习惯于喃喃自语，因为自制的苹果酒质量低劣而郁闷不已。他的小牛奶场只能勉强维持生计；但他有一位活泼的妻子，有许多健康的家禽，或许都可以变为现金。另一方面，她和她的母鸡一样多产多育。他们有 6 个孩子，喜爱昂贵的东西。我对这些孩子的评价是基于这样的事实——他们一边吃糖，一边吃黑刺莓。

帕塔雄是西侧树篱和大型灰色农场的主人。他是位矮胖结实的红脸老恶棍，如果手里没有枪，总是会拿着长长的手杖。他简明扼要的多塞特讲话风格令劳工们感到高兴，我猜想在许多地方董事会都能听得到。他的土地穿过小道的下端，绕过山顶，使得帕特的牧场成为被围在中间的“飞地”。在暖和的傍晚，他沿着自己一侧的树篱散步，希望能逮着野兔或者鹁鸪，但他唯一一次开枪是朝着阿斯莫德。但这个老偷猎者对他来说动作太快了；你对阿斯莫德动手，只能朝着它应该去但从未去的地方开枪。

整个上午，我从树上没有看到任何能让我感兴趣的东西。但在下午，有两个人驾车驶进帕塔雄农场的院子，扔下一个包和一支枪囊。随后他们沿着残茎的下缘颠簸着前进，顺着农场小道，这条小道与我的小道中可使用的部分相连接。我猜想他们肯定是前往帕特的农场；假使他们一直往更远的地方行驶，就会选择状况更好的道路。我不能持续对他们进行观察，南侧斜坡在白天太危险了。那里有幽深的小道需要穿越或者进入，不可能避开其他行人。

半小时后，他们返回帕塔雄的农场。其中一人下车进屋。另一人将车开走。此后，有人前来待在农场不走。我仍然在树上观察，我不喜欢这种样子。

晚上，帕塔雄和他的客人从农舍里出来，手里拿着枪，准备绕着农场溜达。他们开始朝着农场西侧低洼的灌木丛走去，我有一个小时看不见他们。帕塔雄在那个方向有一大块荒地，我之前从未实地查看过。我听见几声枪响。有 3 只野鸭向北急窜，消失在暮色之中。一只鹁鸪飞回到我的树上，看见了我，然后逆着风飞走，以极其精湛的技艺向侧面急速下降。当我再次看见这两个枪手时，他们正沿着小道的边缘悄悄前进，与我仅仅间隔两道树篱的宽度。帕塔雄的客人正是奎武·史密斯少校。

帕塔雄捡起一块石头，猛地扔到了树上，差一点打中我的脚。不用说，没有鹁鸪从常青藤里飞出来。

帕塔雄悻悻地说道："他要是在那里有个储存箱，就会从其他路线逃跑。"

"他会的。"奎武·史密斯少校表示赞同，"天啊！我想不出为何那个家伙不显示一下他的那点儿枪法。"

这番话解释了他去找帕特的原因。我肯定，帕特粗暴地断然拒绝了他的要求。

"他是个令人讨厌的家伙！"帕特说道，"令人讨厌！"

"他没有开枪自杀。"

"没有。他喜欢逗乐。不过别惹他，少校，今年树篱里什么都没有。"

"那是怎么回事？"奎武·史密斯问道。

我看到他迅速地、疑心重重地将头转过去。我还听见问问题的叫喊声。

"讨厌的猫！抓不住你。打不死你。"

“非常怕见人，我猜想？”

“他和我们一样很清楚，要是我们能抓住他，该怎么处置。”帕塔雄赞同道。

他们闲逛着回农场吃完饭。我注意到少校带了一件粗笨的德式武器，在两根枪管下面有一根膛线枪管。如果这是一支步枪，那么在200码的距离精度不够；如果这是一把手枪，那么没必要这么重。不过，这三根枪管能够极好地适应于他的目的——表面上是打野兔，实际上期待着更大的猎物。

我还不知道奎武·史密斯真正的国籍和姓名。作为一名退役军人，他几乎赢得了索尔的信任，不过没有得到完全信任。他目前的样子是个没有明显特征的男士，通过在农场度假，进行一些成本低廉、毫不足道的打猎行动自娱自乐，找不到什么缺陷。他个子高，皮肤白皙，身材瘦削，演技很聪明，能够通过修剪头发和胡须，装扮成几个不同国家的国民穿过国境。他的颧骨太高，不像英国人的典型特征，但我的颧骨也很高。他的鼻子毫无疑问是盎格鲁—罗马人的模样——我也是这副模样——鼻子长成这样的人几乎毫无例外来自于桑赫斯特。他也可能是匈牙利人或者瑞典人，我还曾经见过金发阿拉伯人有着像他那样的脸庞和身材。我想他不是纯正的欧洲血统；他的手、脚和骨架过于纤弱。

将这座乡村四分之三的地盘租用为狩猎场，可能是个非常好的想法。他绝对有权利带着枪四处走动和开枪。如果他干掉我，几乎可以肯定这种可能性将大大高于谋杀行动被发现的概率。在此后一两年里，索尔可能只得认为我已经死了。不过，我死在哪里？在波兰与莱姆·里吉斯之间的任何一个地方。我的尸体会在哪里？在海底或是生石灰坑里，假使奎武·史密斯和他开车的不知名朋友了解自己的行当。

十八
以静制动

我很高兴自己有两位不知不觉的保护者：一是阿斯莫德，它在小道上的存在几乎意味着我不可能在那里；二是帕特，他不接受入侵者进入他的土地，也不出让他的小狩猎场。我了解这种暴躁的“约翰牛”脾气。如果他不允许别人进入他的地盘，他会放下最急迫的工作，仅仅是为了看住自己的边篱。奎武·史密斯虽然不能被阻止在帕特的树篱旁边进行探察，但他必须得小心谨慎，而且最好在晚上进行。

我回到自己的洞穴，此时洞穴和最初几星期的状况差不多大，并且潮湿得多。我责怪自己没有在清理小道之前将烟囱拓宽。假如我当时那么做，就可以将土扔出来，让雨水冲散。但此时内室不适合在里面生活，并且一直如此。

我在睡袋里苦闷地待了两天。我嫉妒奎武·史密斯。他表现出极大的勇气，单枪匹马地追捕逃亡者，他认定这个逃亡者已经陷入绝望。有两次阿斯莫德回来时，急匆匆地穿过通风孔，蹲伏在洞穴后部，触碰不得，满怀敌意——显然意味着小道上有人。我仍然静静地躺在地下。尽管我已经陷入绝望，现在也是，但我不想使用暴力。

第三天下午，我再也无法忍受这种长时间一动不动的状态，还有污垢。我决定进行探察。阿斯莫德出去了，因此我知道附近没有人。我估计奎武·史密斯正在将注意力转向乡村的其他地方，或者至少是转向其他农场，但我还是告诫自己不能低估他的耐心。我将我肮脏的脑袋和肩膀伸出洞外，伸进黑刺莓丛的中央，并且待在那里注意听。从灌木丛里出来是个漫长而麻烦的过程；我得平躺在地上，戴着手套将蔓延的茎分开，用脚趾将自己往前推。

我坐在绿色的“工事”里，享受着户外的空气，看着帕特的田地和远处山下的绵羊。我能够观察到的事物并不多。在我的身后，是我自己的小道，在我左侧50码与另一条延伸到丘陵的小道形成交叉。在这两条小道上或许曾经有一个步兵排，我可能曾经看见过他们，他们也可能曾经看见过我。在我的对面是另一片树篱，将帕特的牧场和帕塔雄的绵羊分隔开；在我的右侧是牧场的地平线。

大约5点，帕特走进田地，将奶牛赶回去——此前他一直让一个小男孩去干这个活儿——然后待了一会儿，充满敌意地盯着四周看，摆弄着棍子。到了黄昏时分，奎武·史密斯少校从山坡上的一座带有棕色斑痕的养兔场出来了，将双筒望远镜放回到箱子里。我怎么也想不到他会在那里。不过，鉴于我一直推测他无处不在，我知道他并没有发现我。能让我看见他，我颇有些感激涕零。

他沿着山坡下来，踏上通向帕塔雄农场的小道。他刚进入死角区域，我就爬到角落，趁着他从我下方经过的时候看他一眼。当我蹲伏在树篱角落的时候，我用一丛金雀花遮盖着身体，以免被人从牧场看见。

我在等着，但他没来。随后我想到，他肯定是几乎和我一样厌恶那些幽深的小道；沿着这条小道走的人，完全处于上面人的控制之中。因此他可能会在对面树篱的后面，穿过田地努力返回农场。他费这么些工夫，这似乎很奇怪。他原本可以从山谷返回，不会有任何风险。这似乎非常奇怪，以至于我突然意识到他比我技高一筹。他是故意露面。如果我像他怀疑的那样经常出现在这条小道上，准备进行报复——这一点他应该很肯定，那么我会在我待着的那个角落等着他。

我转过身来，透过金雀花进行观察。他正沿着斜坡悄悄地疾速向我跑来。他打算诱使我进入两片树篱的角落，那里无路可逃。

他没有看见我。他并不知道我在那里；他只是期待我会在那里。我试着孤注一掷地虚张声势镇住他。

“从我的地盘滚开！”我叫喊道，“滚开，我告诉你，不然我就叫警察了！”

我的这番话模仿着帕特的尖嗓子，效果很好，但并不是非常纯正的多塞特口音。不过，我说乡音的纯正程度可以赶上我的乳妈。我们距离布里斯托尔海峡足够近，说话声带有西南各郡的乡下口音。我相信奎武·史密斯并没有学会区分不同的方言。

少校停下了他的脚步。很可能帕特正站在小道上，穿过树篱看着他，他不想吵得不可开交。

“绕到门那里出去，滚出我的地盘!”我高喊道。

“我说，我非常抱歉!”奎武·史密斯以一种洪亮而窘迫的军人语气说道——他在扮演他的角色。

他转过身去，带着被冒犯的尊严漫步回到田地里。我甚至没有等他走到天际线，因为他或许会停下来继续观察。我沿着金雀花和我自己的荆棘丛之间笔直的树篱全速跑了 20 码，在黑刺莓丛下蜿蜒而行，然后匆匆走进洞穴。我的脑袋和肩膀仍然在地面上，一直到傍晚，但再未听见他的声音。

我完全有理由确定，奎武·史密斯永远不会发现这个骗局。帕特在对话中肯定会态度粗鲁，不苟言笑。如果他们下次见面时少校表示歉意，帕特会咕哝着接受道歉。如果被直接问道他是否在这一天的这个时候要求少校离开他的地盘，他也会愿意接受这个误解。我是否在这条小道上，这一点仍然没有得到证实，但肯定是被怀疑。在奎武·史密斯回家吃晚饭前，他肯定会懊恼没有直接走到那片树篱的角落。

他掌握了多少情况？他显然认定，我伤得并不重。毕竟，我不顾追赶逃离了小溪，而且没有留下一点儿血。那么，之后我在哪里？我想，他已经搜索了帕塔雄农场的所有遮蔽处，并对他开枪的另外两三座农场的遮蔽处进行了检查。他仅仅在这条小道上发现了我的踪迹，他知道这里在某个时候曾经是我的营地。我是否还在那里？不在，但我可能会回来。这条小道非常值得继续观察，直至警察或者民众报告我在别处。

他的日常行动多多少少可以预测到。如果他惯于白天在帕特牧场周围刺探搜索，他会面临被攻击或者被指控非法进入的危险。他必须不惜一切代价避免在当地引起重大纠纷。那么，他白天可能会在制高点，或者在那条小道上，或者在帕塔雄的地盘上。黄昏之后，他会在牧场进行探察，或者潜伏起来。

我确信，在这种情况下他找不到我的洞穴入口，但得有一个前提条件——我将洞口清理干净，不再使用。不能有任何树丛的茎不在适当的位置，不能有一根草出现弯曲，也不能有从我衣服上刮落的尘埃。

我只能继续待在洞里，不论怎样无法忍受。我决心不再急躁。我已经在地下待了9天。

我不敢吸烟，不敢做饭，不过我有足够多的食物：大量的坚果，还有我最近几次去比明斯特带回来的大部分罐装肉食和杂货。至于水，我的储存比需要的多得多。它聚集在像护墙板一样沿着洞穴侧面延伸的砂石通道里，并溢到地面上。为了防止溢出的水对门造成损坏，我用附在棍棒底端的开罐头刀在门上钻了两个孔，直径半英寸，直接穿透到小道。我担心奎武·史密斯可能会察觉到这股水流不正常，因此在白天一直将孔塞上。

在洞里，我没有空间。内室是一片杂乱的湿土沼泽，我不得不将它用作厕所。我自己被限制在当初挖掘的那个相当于3座大型狗窝的空间。在那里，我躺在睡袋上或者睡袋里。我无法进行拓展。动工时发出的噪音在小道上可以听得见。

我每天有部分时间挤在拓宽的烟囱里，将头伸出烟囱顶部；不过，这么做更多地是为了换一换姿势，而不是呼吸新鲜空气。茂密的半球形灌木丛非常厚实，相互之间以及与树篱之间形成阴影，我只有在太阳位于东方的时候才能确定这是白天。中间地带死气沉沉，似乎弥漫着毒气，并且还不满足，还悬浮着从上方落下的褐色灰尘和碎片，以及我点火散发出来聚集在叶子下面的烟灰。

阿斯莫德一如既往给予我宽慰。人们很少能够给予动物并从动物那里获得密切、沉默和持续的关注。我们生活在同样的空间，以同样的方式，依赖于同样的食物，只是阿斯莫德不需要燕麦片，我不需要田鼠。在它坐着给自己除尘的几个小时里，我呆呆地坐在自己的污垢之中。我相信，当时在我们之间会有某些细微的思想交流。我不能“要求”或者甚至“希望”它做出某种特定的举动，但在我们之间来回传达着恐惧的想法和断断续续的行动愿望。我应该将这些愿望视为疯狂的想法，假如我不知道这些是它的想法，而它的心理按照我们人类的标准就是疯狂。

所有的积极性都已经终结。所有的运气也已经终结。我们如此依赖于运气，好运和厄运。我想到那些男人和女人——和我的情况有点类似——他们住在一间屋子里，吃得很差，躺在床上，因为他们的收入太少，无法进行引人注目的活动。如果没有对好运的期盼和对厄运的恐惧，他们的生活将无法承受。事实上，他们几乎既没有好运，也没有厄运；但幻想使得这些运气被放大。

我甚至没有幻想的机会。运气已经达到了一种平衡状态，停止下来。当那辆拖车无辜地吸引了警察的注意时，我有一丝罪恶感；当奎武·史密斯的子弹击中威士忌酒瓶时，我有一种极佳的运气感。在其他大多数情况下，我能够通过有意识的计划，或者压力之下我自己的本能和动物的反应来解释事件的进展。

此时，运气、行动、智慧和愚蠢全部终止。甚至时间也已经停滞，因为我没有空间。我想，正是因为这个原因，我才再度求助于这份自白书。我保持着时间感，保持着大量事实的连续性。我提醒自己，我已经延长并且可能再度延长外部世界的时光。目前，我只是生活在自己的时间里，正如人们在噩梦中一般，并且正强迫自己盲从于忍耐。没有上帝，没有爱慕，没有憎恨——不过还是个盲信者！作为外国人神话故事的化身，作为英国绅士，作为儒雅和善的英国人，我不会杀戮，掩饰我的惭愧。因此我在忍耐，没有目标。

十九
从屋顶摔进谷仓

我需要这部记录，因此我将它完成。感谢上帝！带着目的去写，真好！强迫自己在这方面花些时间，而不是背地里发牢骚，这可真好！我想，这项任务不会令人愉悦，也不会没有感情和偏见。但我能够也必须做到坦白直率。

我在洞里待了11天——待一个星期，因为这是完整的一个星期，再多待两天是为了证明我并没有特别不耐烦，继续多待两天是为了保险起见。11天似乎足以让奎武·史密斯相信，我要么已经死在了隐蔽处，要么已经离开了这个地区。我有办法掌握他是否已经离开。阿斯莫德的行为表明，他已经走了。在中间那几天，它一直在极度悠闲地进进出出，耳朵竖着，后背的毛发很平整。在最后三天，我根本看不到它。它微妙的活动非常清楚地揭示了其中的原因；它再也无法忍受这些污垢了。

在白天，如果不爬到树上或者将自己暴露在开阔地——这两种做法都太危险，就不可能窥探到奎武·史密斯。因此，我决定傍晚之后到农场找找他。我从黑刺莓丛中缓缓探出身子，贴着地面爬到帕特牧场顶部的树篱，然后穿过树篱，越过下方密集的草皮，来到少校之前占据的地点。天很冷，非常黑暗，地面上有一层薄雾。我只要缓慢行动，避开小道，就非常安全。从洞穴里出来，到草地上呼吸，这真的非常美好。酷热的盛夏正午与恶劣的 11 月夜晚一样，都不能让我感受到快乐。

风很小。乡野已是寂静一片，只是树还有动静。我能够看见帕塔雄农场的亮光，能够闻到他烟囱里飘出惬意的柴火烟味。我顺着山坡进入山谷，沿着乡村道路的边缘前往农场，来到果园对面北翼的背后。这里有一堵高墙，上方是农场建筑的斜面屋顶。从山形墙的顶上，我能够俯瞰院子以及屋子的整个正前方。我并不想进入院子。即使那些狗没有听见或者看见我，此时的西南风也会将我的气味吹向它们。

这堵墙由燧石建成，很容易攀爬，但在墙的顶部与石板下缘之间有 2 英尺的缺口，给我造成了麻烦。石板下方有腐烂的铁槽，如果不能迅速将部分体重搭在这根铁槽上，就很难爬到屋顶。我最后踩着一根结实的铁制托架和墙端爬了上去。

我躺在石板上，头靠着顶部。我刚好能看见农场的起居室——一副宁静而令人失望的景象。奎武·史密斯正在和帕塔雄的小女儿下棋。我惊异地看到他如此漫不经心地坐在亮着光的窗户前，百叶窗拉在上面，窗外是漆黑一片的多塞特。但随后我明白了，我一如既往地低估了他。这个狡猾的家伙知道，他很安全，他的头几乎碰到桌子对面的孩子的脑袋。他正在教她下棋。我看见他笑着摇摇头，向她演示她本应采取的下法。

发现他还在那里，这可是个痛苦的打击。11 天对于我来说似乎已经是无休止的长时间。但对他来说，只不过是 11 天。我想，他甚至有可能一直玩得很开心。我的失望已经转变为暴怒。在整个事件中，这还是我第一次发火。我躺在屋顶上，不断拉扯着压顶石上的苔藓，以压抑着的怒火咒骂着奎武·史密斯、他的国家、他的党派和他的上司。我诅咒他下地狱，他和他的朋友，还有帕塔雄以及他们的男仆和女佣。如果我的想法撞击到那些墙上，恐怕会制造出一起大屠杀事件，这将会为来世倒转的耶和华带来荣耀，这是上千名狂怒教士来自地狱的强烈诅咒。

这种猛烈的、无言的怒火使我从意志消沉中摆脱出来。我并未停下来想想我给自己带来了什么，也没有去考虑假如我被送到那间起居室，我得向他们中间的很多人表现出非常愚蠢、谨小慎微的谦恭。我已经无法自拔了。我不记得自从 7 岁时享受——肯定是享受——无言的怒火以来，还有没有过如此这般的状况。

我被一阵颤抖带回到现实当中。我之前愤怒得出汗，此时汗水在夜晚的空气中变凉。奇怪的是，我能注意到，因为我所有的衣服一直是湿的，就像水手在航行期间的衣服一样。汗水一定具有某种特殊的优点，能够让人从精神上和身体上冷静下来。

奎武·史密斯可能待了几个星期。我无法抑制返回洞穴的想法。我决定再度走向旷野。我并未说服自己那么做。我真的打算继续奔跑，尽管我的机会已经极其渺茫。考虑到我的外观，生活和行动比我最初逃离还要困难百倍。随后，我会被认定死亡，没有人在找我。此时，警察将根据最初关于我现身的传言，将我作为搜寻目标。但我不会回去。我打算绕着丘陵悄悄行进，躲在谷仓和金雀花丛中，如果没有其他食物，就靠吃绵羊生肉生存。我会一直注意观察奎武·史密斯，直到他返回伦敦，或是需要他发挥能耐的其他任何地方——他毫无疑问能够增加腐朽世界的腐朽程度。

我一直盯着起居室，直到那个孩子上了床。随后，少校陪着帕塔雄一起烤火，帕塔雄的妻子进来了，手里拿着两只巨大的苹果汁瓷杯。他们三人安定下来专心看报纸。没有更多的情况需要掌握了。

我悄悄地朝着墙端前进，用肩膀和大腿支撑着身体的重量，左手抓着屋顶，右手试探着前面的石板，防止石板松动。上帝啊，我非常担心会有石板滑下屋顶落入沟槽，发出响声！在距离墙端几英尺处，有沉淀物在我的下方。石板在下垂。我似乎正漂浮在重质液体上，液体紧贴在我的身上，突然发生破碎，坠落在谷仓的地上。片刻间，我吊着屋顶摇荡，随后屋顶也垮了。5英尺的石瓦，结结实实的一大块石板，还有我，呼啸着坠落在一堆铁制饮水槽上。这声音就像是铸造厂坍塌。

我后来发现，我肩部的伤口再度裂开，遭受了各种割伤和擦伤。但此时我只是颤抖。我从那堆铁器里重新爬起来，冲向打开的谷仓门。我没有冲出去。奎武·史密斯就在起居室的窗户附近，他的长腿已经踏在窗台上。我的唯一想法是，他不一定知道我还在乡村的这个区域。狗开始吠叫，跳着企图挣脱链子。帕塔雄打开前门，踏过门槛，手里拿着电筒。

我退进谷仓，爬到饮水槽下面。饮水槽一个挨着一个排列着，因此任何两个饮水槽之间都有能够容纳我的空间。饮水槽上还覆盖着从屋顶落下来的石板和瓦砾。奎武·史密斯和帕塔雄随后立刻走进谷仓。

“该死的!”帕塔雄看着损坏的狼藉一片怒骂道，“肯定是那个叫花子一样的凶手在找我的奶酪，从谷仓翻到牛奶场！我知道他在偷奶酪，从谷仓翻到牛奶场!”

我认为他没有丢失任何东西，但农夫们总是会怀疑有东西被偷走；有太多的东西可以偷了。奎武·史密斯恳切地表达了和我同样的看法。

“哦，我觉得屋顶上没有人。”他说道，“看那里！”

我知道他正在指的地方——折断的梁。它并不是因为出现裂缝而折断，而是彻底垮掉，就像一团木屑。

“是蛀虫。”少校说道，“天啊，我在东赖丁[①]见到过同样的情况！也是谷仓。可怜的小家伙脖子断了，全是血！”

这话听起来并不太真实，但却是试图以得体的方式表现出殷勤。

“烂掉了！”帕塔雄以一种厌恶的口气表示赞同，“该死的，它烂掉了！”

“有时候确实会发生。”奎武·史密斯回应道，“我们应该感到庆幸，没有人受伤。”

“不过这里有300年了。”帕塔雄嘟囔道，“他得过来向我们磕头赔罪！”

“哦，好的。”少校乐呵呵地说道，“我早上就开始行动，帮你一把。现在无事可做！什么都没有！”

我听见他们离开谷仓，尽力倾听和分析他们两人的脚步声，

---

① 东赖丁：英国英格兰东北部约克郡的旧地区，现为亨伯赛德郡的一部分。

确定没有一个人落在后面或是折回来。我听见农场的前门关上闩住，等待着直到恢复夜晚的宁静，直到开着窗户和关着卧室门发出的微弱声响停息，直到老鼠开始在谷仓的地面上急窜。随后，我爬到门口，出了谷仓。我沿着墙与污浊庭院之间的角落缓慢爬行，就像夜间活动的毛虫。

对于下一步怎么做，我没有任何托词。我开始像动物一样思考；我有些担心，但也有些得意。本能，出于本能的原因，已经屡次拯救了我。我洋洋自得地接受了本能的力量，从未告诫自己，本能也可能会犯下致命的错误。否则，猎物将始终能够摆脱追捕者，食肉动物将会像大蜥蜴一样灭绝。

我对洞穴的厌恶感已经平息。我曾经决心前往旷野，不管在取食和掩蔽方面遇到怎样的困难，此时这种想法也已经打消。我没有思考，也没有去推理。我已不再像过去那样，向上层统治者的所有奸诈之徒和死党发起挑战，几乎打败对手。我像野兽一样生活，已经成为野兽，不能探究情绪压力，不能区分一般意义的危险与特别的危险源头。我可以吓唬雄狐，悄然移动，浅浅地入睡，但付出的代价是被剥夺了常人的机敏。

我曾经大吃一惊。我受到了伤害和震动。因此，我不假思索就去了安全地带——并非针对具体情况的安全地带，而是普遍意义上的安全地带。这指的是我的洞穴；黑暗，宁静，没有追赶。我没有想过——我认为至多狐狸会这么想——地上可能意味着死亡。当奎武·史密斯朝我开枪时，由于恐慌的影响，我做出了同样的表现，但也是情有可原。我不知道我面对的是哪个魔鬼，寻找普遍意义上的安全地带，与其他任何行动一样合理。此时去寻找安全地带，仅仅是本能反应。

当然，我选择了最美好、最巧妙的路线；人类这种动物能够可靠地将这种徒劳无益的行动完成得尽善尽美。我穿过水，穿过羊群。我在隐蔽处等待，确定没有人追赶。我终于可以肯定，确实没有人追赶，我独自一人在我的小道上方的丘陵。随后，我极其谨慎地越过最后一座山坳，进入我的洞穴，并且留心每一片死叶和每一根草。

接下来的一整天，我一直待在地下，庆幸自己的好运。臭气和污垢令人厌恶，但我以圣洁的受虐心在忍受。我劝服自己，三四天后就能打开门，清理吹干洞穴，阿斯莫德也会回来，我们可以平静地生活，直到我可以安全地在港口徘徊，逃出乡村。我的双手再度痊愈了，基本没有变形。左眼仍然有些不适，但右眼如此难看、恍惚、充满血丝，使得两只眼睛的差异不再那么引人注意。我只需要剃须和理发，便可以通过任何地方，就像罪犯刚刚庆祝从监狱获释，进行两天的狂欢。

二十

被困在洞穴里

傍晚后，我听见小道里有些动静。于是，我坐下来，将耳朵朝着通风孔。我无法分辨嘈杂声。那里有两个人，但他们并不是相互说话。我想他们是在窃窃私语，但由于隧道的弯曲，我根本听不见这么轻微的声音。某件重物正在被移动，我曾经听到门上有重重的撞击声。我想到了捕人陷阱，或许会有原木落在我的头上；他们肯定在我曾经使用的小道上进行某种搭建。鉴于我已不再使用这条小道，我觉得自己非常聪明，非常安全。

我告诉自己，我感到失望，只是失望，因为他们还得再等一两个星期才能将陷阱完工，我得在地下待着。

正如我现在看来，当时我时时刻刻都能意识到极度的恐怖，我的心脏在跳动，仿佛我一直在为了生存而痛苦挣扎。我只有通过努力才能停止大声说话。我非常聪明，我反反复复对自己这么说。我说，如果他们抓住了其他人，他们将发现自己会因为谋杀而被拘留。随后，恐怖的感觉涌上我的喉咙，因为当时小道上一片寂静，小块小块的泥土正从我的螺栓孔落入内室。

我躺在两座窝穴之间，看着泥土稀稀疏疏地流下来，听着斧头快速的敲击声。正如我所想，有人跳进或掉进了洞里，一波碎石滚向洞穴底部。我伸手去拿我的刀，然后等着。我说，他得任凭我摆布，我可以按照自己的意愿达成协议。我执着于讨论而不是杀戮。我自言自语道，他是个有理性的人。他会注意到暗示。他会下棋。

再没有声音了，一点也没有了。那个人要么陷在洞里，要么死去了。我蹑手蹑脚地爬上恶臭的土坡，躺下来用烟灰杆往上捅烟囱，一直捅到转弯处。烟灰杆并没有如我所料捅到人的身体，而是捅到了坚硬的障碍物。我尽量往远处退，担心碰到某个陷阱或者爆炸物，然后更用力地去捅。我感觉捅到了某个坚硬的东西，表面很光滑。我点燃一根蜡烛去查看。这是锯下的树干底端，被塞进了我的洞里。

我爬到门口使劲推；但什么也没动。随后，我感到一阵恐慌，并与末日终于到来的解脱感交织在一起。我想冲出去，让他们开枪。快点死也值得。我拿起刚刚挖空砂石的斧子，在门板之间用力拧。斧子开始翻转。我撕下门板。在门板的远端有一块铁板。铁板里面空空的，除了中间部分。他们用一根梁木将这块铁板塞在适当的位置，梁木的另一端靠在小道对面的斜坡。

我不知道当时我发生了什么情况。当我听到奎武·史密斯的声音时，我正躺在睡袋上，头枕着胳膊，假装在认真想事情。我在克制自己，但我的耳朵在嗡嗡地鸣响，皮肤渗出冷汗。我想如果有人歇斯底里地坐着，时间足够长，身体足够硬，这个人将会失去知觉。总得有让步，如果不是心理，那只能是身体。

奎武·史密斯在说话：

“你能听见我吗？”

我定了定神，将一把水泼溅到我的头上。保持沉默毫无意义。他肯定听到我猛击铁板的声音。我只能回应他，争取喘息时间。

“能。”我说道，“我能听见你。”

“你伤重吗？”

该死的他在那个时候问那个问题！我本应该知道，如果我能够让他们相信，我正受到此前没有得到医治的伤痛折磨，已经没有力气了，这会很有帮助。但事实上，我说了实话：

“不重。你打中的是威士忌酒瓶，后面还有鹿皮夹克。”

他咕哝着说了些什么，我听不见。他说话的时候，嘴靠近通风孔。如果他猛地一扭头，声音就消失了。

我问他是怎么发现我的。他告诉我，他从谷仓直接走到小道，抱着侥幸心理认为可能是我造成屋顶损坏，他可能会看见我正在返回秘密躲藏处。

“简单。”他说道，“太简单了，以至于我非常担心这是你有意想让我那么做。”

我对他说，我从未打算干掉他。假如我有这个想法，我应该已经干掉他十几次了。

“我想是的。”他回答道，“但我判断你不会管我。你只会把我交给警察。但更明智的做法显然是让我相信你已经走了。事实上，你做到了。”

他的声音带着疲惫的喘哮。他在农场的时候，肯定一直很担心自己的生命安全。他比我勇敢，比我聪明，但没有——我想说“道德准则”。不过，天知道我有什么权利这么断言！我想，我既不残忍也没有野心，但这只是奎武·史密斯与我之间的唯一差别。

“你不能让我死得更痛快些？”我问道。

“老伙计，我根本就不想你死。”他说，“现在不行。我很高兴当我将你封在里面的时候，你能认识到不该冲出来。这个情况让我吃惊，也让你吃惊。我不能对你承诺什么，但让你去死似乎完全没有必要。”

“那唯一能选择的只有动物园了。”我回应道。

听到这句话，他神经质地、无法控制地笑了一阵。上帝啊，他肯定因为知道我在哪里而感到解脱！

“没那么极端。”他说道，“我担心你被囚禁后活不下来。不，如果他们接受我的建议，我将受命让你返回你的位置，回到你朋友身边。”

“有什么条件？”

“微不足道——不过我们不需要深究这个问题。现在，你需要些什么吃的？”

“非常好，谢谢。”

“我从农场带给你的算不上是美味佳肴？”

我听了这话几乎要发火。此人的这番话刚好触及我的痛处；但其中有极其隐蔽的讽刺意味，意在告诉我他对自己的所作所为感到快活至极。我毫不怀疑，他原本可以带给我任何我需要的东西。这场猫捉老鼠的游戏非常精妙，足以满足他的胃口。这确实几乎无法与真正的善意相区分。

“我想不是。”我回答道。

“当然。不过你已经没有必要再受罪了。”

“看这里！”我说道，“你不会比你们的警察从我身上得到的更多，而且你不能无休止地待在这里。那么为何不做个了断？”

“我可以在这里待几个月。”他平静地回应道，“几个月，你晓得。我和我的朋友将会学习獾的习性和饮食。那根控制你洞穴门的梁木，是我们用来坐着的。放在你门前的灌木丛，是用来遮盖照相机的，很快就会在里面放一个照相机。我担心所有这些准备工作都是白费力气，因为从未有人走进这条小道。但如果有人进来——好，他所看见的只是我的朋友或者我本人在学习獾的生活方式，没有造成任何损害。我们甚至可能会找到一位友好的年轻人，带着麦克风，让他告诉孩子们伯蒂·布罗克将什么东西藏在尾巴下面。”

我叫他该死的傻瓜，告诉他整个乡村都会沉溺于好奇心——他们干的一切在 24 小时之后就会众所周知。

“我不信。”他回应道，“我的溜达没有恶意，在农场没有人会注意。有时候我出去时会带着枪，有时候不带。有时候走路，有时候坐车。他们怎么会认为我一直在这条小道上？他们从未见过你。他们也不会见到我。至于我的助手，他和我根本没有联系。他正待在奇德奥克，他的女房东还以为他是布里德波特的守夜人。他在往这里赶的时候，并不像我希望的那么谨慎。但我们不能指望被雇用的特工能够像我们那么有经验，对吧，老伙计？”

他的这一声“老伙计”让我怒不可遏。我惭愧地记得，我当时恼火得用斧子朝着门猛击。

“怎么样?”我问道。

“奇怪，几乎没什么声音。”他无动于衷地说道。

确实几乎没什么声音，即使是在我封闭的空间里。他告诉我，铁板上有毛毡和夹板。

他接着说道：“你仔细想想，假如有人听见你的声音，将会发生什么情况？比方说，那个讨厌的农夫是你头顶上这块田地的主人？你会让我不得不把你们俩分开，把你们的身体姿势做些调整，让你们看上去像是谋杀和自杀。”

这已经足够真实——确实非常真实，无论如何，他如果自己不去冒着严重风险，就不可能找到我，指出这一点基本上没什么意义。他掌握着仅有的一支枪，还有全部底牌。如果他杀了我，他能够预料到多多少少令人满意的结果；但如果我杀了他，我将无法预料后果，除了我的良心受到伤害，我将最终落入他所属组织机构的手中而死去，或者蒙受耻辱。在心理方面，我受他的摆布。我的精神在畏缩。

“我们现在必须停止谈话。”他说道，“白天不说话，这将是我们的规矩。我从上午 10 点到晚上 8 点值班，我们可以在最后两小时交谈。我的助手将会在剩余的时间值班。现在，让我完完全全告诉你当前的情况。我想，我不能阻止你从门头上强行冲出去。但如果你这么干，你在能够冲出去之前就会被打中，再度被闷在舒适的家里。你的后门已经完全被封锁，我们如果听见你有动作，就会让你呼吸不到新鲜空气。所以小心点，老伙计，别灰心！做到非常平静——这是口令。你肯定会被放出来的。”

我坐了几个小时，耳朵朝着通风孔。我并不指望能听到什么，但听觉是唯一能够与我的抓捕者保持联系的渠道。只要我能听见他们，我就可以幻想自己并非完全束手就擒，可以幻想自己在为逃脱进行计划和收集资料。

拂晓时分，我听见鸟在叽叽喳喳地叫着，还听见奎武·史密斯调整或是修剪门外死荆棘遮蔽网时发出的噼噼啪啪声。随后，我听见了一阵轻言低语，我能辨别这是奎武·史密斯的同事正在与他交接班。当然，他们在第一天并不能严格遵守预定时间。少校大概是要用电报发送报告。

新来者非常安静地坐着。我想象着他的体型像是印在黑暗大门上的影子。我只是在远处见过他。在我想象中，他肤色黝黑，结实粗壮，与文雅高大的奎武·史密斯形成反差。但我完全错了。

我一直蹲在通风孔，脑海里一直浮现着最原始的画面——逃脱，对他们进行围困，丢下他们。最终，我将精力完全集中于两项行动计划。第一项计划正如奎武·史密斯的启发，沿对角线从门头砍开一条通道。我拿了一根长长的烤肉叉，猛地插入红土。根据我的辨别，它越过了铁板顶部，但知道这些并没有用。正如他所言，只要我一露头就会被射杀——按照他的口气，我知道他并不打算要我的命，但会有意把我打残。穿透最后一截肯定会发出很大的声响，使监视者得到足够的警报。

第二项计划是通过螺栓孔逃脱，这种做法成功的希望大得多。他们并没有像所认为的那样将我完完全全关起来。他们的树干并没有将我的整条隧道完全堵死，只是堵住了表面与弯曲部分之间的垂直段。在砂石上开辟的通道是畅通的。我需要做的只是从泥土上开出一条新通道。当然，我可以悄悄地动工，让外面听不见一点儿声响。

我爬进阻塞的内室，开始用刀来挖掘。那里的空间无法使用斧子；我跪在废石和泥土堆上，身体塞住了整条隧道。我的动作非常轻、非常小心，用手接住泥土和石头，原本只需猛地一拉就能清理的某个树根，此时却要用几分钟的时间去磨穿。我着手挖掘一条与树根平行的隧道。我沉重的呼吸声、重击声和喘气声就像是曾经将我带到英格兰的柴油发动机，这些到目前为止已经是最响的声音了。

空气很污浊，因为通风孔与螺栓孔之间的空气已经不再流通。我呼出的二氧化碳聚集在我的肩部和工作面之间。我的气力在逐步消退。我清理了 1 英尺高的泥土和碎砂石，然后就得回到通风孔呼吸空气。在下一个轮次，我清理了 6 英寸；到了第三个轮次，我清理了 3 英寸；再下一个轮次还是 3 英寸。但那时我违背了等比级数规则，在到达通风孔之前就瘫倒了。

我坚持认为自己的极度疲倦感仅仅是懈怠。但此时情况非常明显，我的身体将要崩溃。当我无法顺从吸入氧气的自然规律时，我试着尽可能强迫自己。天知道我在那个厩肥堆里吸进了什么东西！如果我能够准确地掌握劳作和休息的数据，肯定有某位化学家能够解决问题。我在 13 天的时间里仅有几个小时走出洞穴，洞里除了二氧化碳之外，肯定还有许多其他气体。

不知过了多长时间，我苏醒过来。洞穴里最初有大量的空气，只要我工作时间不是太长，频率不是太快。通风孔是一段

4 英尺长的通道，从土堆一直蜿蜒到洞穴的侧面。它的直径足以让阿斯莫德进出，但还是很小，以至于我一直对它能够进出感到奇怪。

此时，我似乎一直对自己保持着非常好的控制。我集中精力通过通风孔呼吸空气，强迫自己的脑子保持空白。我保持着所有活动都因为休克而中止的状态，可以自由地游荡于被琐事困扰的空间。我感到我就是自己灵魂的主宰——如果用一个令人讨厌的说法。我几乎没有被考验过。我猜测，人只有在完全不需要这种器官的时候，才会感到自己是灵魂的主宰。

我长时间停下来进行呼吸，在此之间的短暂间隙在旧烟囱上劳作。那里没有侧转和推挤的空间，落下的泥土无处放置。这就像是在努力挖通一座沙丘，无法呼吸，也无法清理废弃物。我原本可以通过钻通另一个通向小道的洞，获得更多的空气——尽管这并不会让我在内室的条件得到更多的改善。但我不敢让他们直接看进洞穴。我所处位置的唯一优势就是，他们无法看到我在干什么。

二十一
拒绝接受谎言

白天过得很快。人们只有在迅速思考的时候，时间才会拉长。我所有的心理活动过程都已经放缓。夜幕降临时，我躺在通风孔旁，奎武·史密斯向我道了晚上好。

“一切都进行得非常好!”他说道，“非常好！我们将在1小时后让你从那里出来。可以自由地回家，自由地生活在自己美丽的庄园，自由地做自己想做的一切。我非常高兴，老伙计，我非常尊重你，你知道的。”

我回应道，我对他的尊重表示怀疑。我还说，我知道他是个好党员。

“我当然是。”他表示赞同，“但我会赞赏像你这样的个人主义者。我尊重你，因为你不需要任何规则，除了你自己的规则。你愿意进行统治，或者被压制，但你不会顺从。你能考虑到自己的良心。”

“我不是，不过我明白你的意思。”我说道。

“你一定是！像你这样地位的人居然干起了你后来描绘的‘冒险性追踪’！然后在奥德维奇沉着冷静地将一个间谍扔到了载电轨上。”

我一言不发。我不知道这番对话在朝着哪里发展。我非常厌恶他归咎到我身上的那种人生哲学；这完全是歪曲事实。

“我一点儿也没有因为你在自卫而指责你。”他接着说道，“那个人无足轻重，还挡了你的道。不然还会有什么样的结果？我应该感到失望——真的，我说的是真的——像你这样信奉无政府主义的贵族在进行自责时会如此敷衍了事。”

“那是你的道德准则，不是我的。”我回应道。

“老伙计！”他表示反对，“这可完全不同！我们在试图惩戒和教育大众。如果有人干预，我们肯定要压服他；但为了大众——为了国家，我能说吗？你，你对国家根本就不在乎。你只是依从自己的喜好和自己的规则。”

“非常正确。”我承认，“但我也尊重其他人的权利。”

“当然，但根本不尊重国家。老实承认吧，老伙计，没有国家，你完全可以过得很好！”

“是的，去你妈的！”我气呼呼地回应道——我非常讨厌他这种伪苏格拉底式的反复盘问，“没有那帮统治国家的无耻政客，也没有那些妄想成为统治者的无能之辈，更没有你那要命的公众焦点人物——像恺撒大帝一样的人物。”

“说粗话没有任何意义。”他笑道，“聚光灯对于情绪化的公众能够造成与威斯敏斯特教堂和君主卫士同样的影响——并且成本要低得多。不过我很高兴你已经摆脱了这种情绪化，而不是仍然幼稚得死心塌地，因为我们在达成协议方面不会有任何困难。”

我问他有什么条件。他用小棍将一张纸按在通风孔下面。我同样用小棍将纸捡起来。

“在这上面签字，你就自由了。”他说，“只有一条严格限制。你必须承诺不离开英格兰。我们会让你在自己的国家拥有完全的自由。但假如你试图进入欧洲大陆，你的囚禁状况将会再度开始，我们将不会有任何宽容。我想你会承认，鉴于你的所作所为，这个条件合情合理。”

我要他来点光。我不想将蜡烛和氧气耗尽。他毫不犹豫地将手电筒向下戳到洞口。此时他知道他可以迫使我归还。

他们想让我签字的表格很长，不过很简单。这是一封悔过书，内容包括：我在八月的某日企图暗杀伟人；我是在英国政府知情（他们不太敢写“同意”）的情况下采取这一行动；我没有受到任何惩罚即被释放，条件是我得待在英格兰。在这份文件上签字的有他们的警察局长和证人，还有一名伦敦公证人证明我的签名，尽管当时还没有我的签名。从他的书面致辞来看，他也是一位声誉很好的公证人。

这柄手电筒很好。在接下来的15分钟里，我用它来清理挖掘的通道。随后，我将手电筒连同那张纸一并还给他。显示愤怒没有任何意义。

“如果你有着普通资本家的爱国心，我就不会劝导你。”他说道，“你这类人会宁可成为殉道者。但既然你除了自己之外什么都不信奉，那么为什么不签字？”

我对他说，我在乎社会舆论。

“社会舆论？那好，我们不会公布这份文件，除非战争的危险迫在眉睫，而你们的政府还在一如既往地表演着道德剧。根据我对英国民众在危机时期情绪的了解，他们可能会将你塑造成为民族英雄。”

“他们可能会。”我回应道，“但我不在谎言上签字。”

“好，好，没有英雄史诗！”他以讨厌至极的屈尊俯就来恳求我，“你是一位优秀的英国人，你很清楚事实总是相对的。诚意才是要紧的事。”

我责怪自己被卷入和他的争论，但我不然还能做什么？在经过这么些单独监禁之后，我很高兴听到了有教养的声音，即使是他的声音。这在某种意义上与被某些持极左或者极右观点的令人讨厌者组成的社团接纳没什么不同。你什么都不能做，只能听从那个人。你知道他是错的，但你是从个人的立场在争辩，而他是在争论虚拟的大众，根本就没有共同点。你完全不可能为自己辩解。

我丝毫没有强调自己遭受的严重身体疲倦和不适。我的身体状况使他在智力方面拥有相对于我的巨大优势，不过他不管怎样都会有这种优势。他和缓地诱导我从某一个站不住脚的立场变换到另一个这样的立场。他或许是一位和善的医生，在审查精神违法者。

他最后说道：“我想，如果你告诉我为何企图实施暗杀，这会使我们两人都省心许多。”

“我早就告诉你的人了。”我焦躁地反驳道，“我倒想看看有没有可能，而且他的死对于这个世界也不算是重大损失。”

“那么你当时是想开枪咯。”他自然而然地接受了我的立场，“你看，我真的帮不了你，直到你自己承认为止。”

我意识到我已经无意中向他以及向我自己泄露了秘密。我当然是想开枪的。

他们的审讯方式对于思维混乱者具有毁灭性打击——我们当中有90%的人都属于思维混乱者，无论属于哪个阶层。让人承认自己对自己说过的某个谎言很容易做到，但要让他坦白事实真相会困难得多。通过他们的技巧，可以迫使受审者吐露出事实真相。受审者将变得驯服，意志消沉，将会接受讯问者选择的任何欺骗性解释。使用这种方法的过程，无论使用者是心理分析专家还是秘密警察，都同样邪恶，也同样有效。他们会让我们看清自己的动机，在害怕暴露的状态下，我们将甘愿坦白任何弥天大罪。

当然，我之前曾经经历过所有这些，面对的讯问者要比奎武·史密斯粗野得多，但没有他狡猾。身体上的折磨只会使我更加顽强。我非常专注于向自己证明，我的精神比身体更强大，以至于并未出现智力完完全全被情绪控制的问题。

“是的。”我承认，“我想开枪。”

“但为什么？”他问道，“政治暗杀肯定解决不了任何问题。”

“历史上，政治暗杀已经解决了很多问题。”我说道。

“我知道。那么这是高层政策？”

“如果你愿意。”

“那么你肯定和其他人商量过？”

“没有。我自己去的，尽自己的责任。”

“为了你的国家？”

“为了我自己的国家，也为了其他国家。”

“那么即使你的政府对你一无所知，你在某种意义上还是代表他们去实施行动？”

“我不承认。”我看出来他在往哪个方向诱导。

“老伙计！”他叹了口气，“好，你说你不在谎言上签字。让我帮你清醒清醒头脑，你就会看出来我并不想你这么做。你在外交部有许多朋友，对吧？”

“是的。”

“你有时候会在从国外旅行回来时，给他们一些非正式的报告。我并不是说你是特工。但如果你有什么有趣的感觉，你可以在吃饭的时候告诉适当的人选？”

“我是这么做过。”我承认。

“那么假设你成功实施了暗杀行动，我们对这起事件进行了掩盖，你是否会告诉你的朋友们，伟人已经去世了？”

“是的，我想会的。”

“你看，你确实将自己视为国家公职人员。”他说道。

“不是这种情况。”

“哦，亲爱的，亲爱的！”奎武·史密斯耐心地诉说道，“像你这样具有外国社会经历的人，不应该像普通英国人那样不喜欢合乎情理的谈话。你也就是恰好仅仅在这么一件如此重要的事情上将自己视为国家公职人员。你在日常生活中并不是这么想的。你是个人主义者，遵从自己的规则。不过你承认，你在这件事上是为了国家而采取行动，并且打算向国家报告。”

我再重申一遍，我无法摆脱他，我被困在 8 英尺长、4 英尺高、3 英尺宽的空间。他自由自在，而我被活活困在地下，这个现实让我产生了相对于他的自卑感。这种自卑感理所当然会产生，也明显存在。不过，我为何要有自卑感？我知道他根本不理解那些对于我很重要的事情，根本不懂得我的价值观。因此，既然我自己很肯定那些价值，我们的实际情况本不应该产生什么影响。

我现在意识到，他正在打破我脑海里的许多荒谬想法。这种想法可能远远超过其他一切，使我有一种在鱼钩末端扭动躲闪的感觉。

“但我采取行动并不是在执行国家的命令。”我说道。

“我并没有要你在那里签名。措辞是这样的：‘对政府的了解。’这根本就不是谎言。我们其实不需要拘泥于这些措辞。‘对我朋友们的了解’——这个措辞怎么样？”

“事实不是这样。”

“我不是说你被雇用。不是，正如你所说，你采取这项行动多多少少是出于体育精神。”

“我是和你这么说过。”我说道。

“啊，是的。这只是为了体育精神而进行的暗杀行动！喂，真的，你知道连你自己都会不相信。”

“为什么不相信？”我怒气冲冲地问道。

“因为这不可思议。我想知道为何你对我们的仇恨达到了这种程度，以至于准备暗杀我们的国家元首。你是出于什么动机？”

“政治动机。”

“但你已经承认你对政治并不关心。我毫无疑问相信你。也许我们表达的是同一个意思。我们可以说你是出于爱国心吗？”

“不是。”我回答道。

“我的老伙计！”他断言道，“但你肯定不是出于个人原因！”

不是个人原因！除此之外还会是其他什么原因？他已经让我看清了我自己。没有人会采取我那样的行动，除非他受到悲痛和愤怒的驱使，受制于自己的怒火，在其他力量无法触及的地方行正义之举。

我离开了通风孔，躺下了，头靠着内室的入口。这是我能够实现的最大程度的隐居。他还在低声抱怨，生气了。我不在乎。我正在与他强迫我接受的自知之明进行斗争。最后他沉默了，而我陷入了痛苦之中。

二十二

奎武·史密斯的助手

我将平静地记述这些。我想现在我能够做到。我这个人曾经有过一次爱慕，但我并不知道，直到她去世了。或许这并不完全正确。我是全心全意地爱慕，但几乎没有自觉的意识——没有，至少与那些对她的着迷和狂喜的爱慕相比。我过于自律，过于有教养。我爱慕她，就像某位中国要员可能会喜欢花一样。她很美丽，美丽的程度毫无疑问值得一起生活。

当我听到她去世的消息时，我没有哭泣。我立刻对自己说，爱慕只是一种幻想。我感到悲痛的是，大自然如此优美的杰作被摧毁了。我在自己的意识里感到悲痛，这种悲痛就如同于我的住了15代人的房子被烧毁了——一种无法弥补的、可怕的失落感，超过了任何伤害，但这种痛楚并不强烈。

嗨，这就是我想我所感受到的。一个人如果知道不该让自己的情绪干扰同伴，也会知道不该让这种情绪干扰自己。

不过，我还是因为悲痛和憎恨而发狂。我将自己的这种状态称为“发狂”，是因为我当时不知道自己的状况。我的悲痛并未达到剧烈的程度，但这不是漠不关心，而是突然间向我侵袭而来的空虚和茫然，当时我不敢确定我在想什么。我知道我的心中充满了怒火。我还记得那些怨恨的想法，但当时我完全没有意识到。这些想法迅速侵入我的思想意识，我随即同样快速地将它们抑制住。我将打消这些想法，打消悲痛、憎恨和复仇的心理。

当我去波兰的时候，我想我是在进行一项相当寻常的行动：外出到山区消灭某个生命，从而忘却我的烦恼。我不承认我打算进行杀戮。我不承认这一点，直到奎武·史密斯打破了我所有可能的自欺欺人。

她如此敏捷，如此敏感。她只好将慷慨当作自己的事业。冲动、超然、智慧，她似乎洋溢着所有这些能量。一个小男孩见到这种情况，告诉我说，在她周围有时可以看到光环。对于这一点，我毫无感觉。不过，正如我对她的记忆，生命已经延伸到她的身体之外；无论是触觉还是视觉都不能十分肯定——她在这里开始，也在这里终结。她的皮肤并不是一层表面；这是最最苍白的玫瑰和柑橘的无限荣光，这些玫瑰和柑橘选择调整，以适应拉紧的树枝。

我想，她知道我们在冲动和智慧交织的状态下很相像。她的情绪控制着大脑；尽管她可以用强大的逻辑为自己提供支撑，但逻辑和她的忠诚奉献无关。我应该从未对自己的这种情况有所察觉，但这是事实。我从不偏袒，从不会全身心地投入一边或者另一边。我也意识不到自己失望的感觉——即使这种感觉很强烈，直到相关情形已经过去了很久。不过，我还是会被情绪左右，尽管我会在这种情绪刚刚出现苗头的时候就将其打消。

他们抓住了她，将她枪杀。这是出于国家理由①。是的，我知道，但保留这样的人物肯定是我们遭受痛苦、进行战斗和忍受这种生活的原因。事业？政治？宗教？不过他们的目标就是产生这样的女人——或是男人，如果你愿意。将她按在墙上——没有任何理由能够对如此罪恶的行为进行解释。只有此人的人生能够解释她对于任何事业的选择。我们还有其他哪些标准？在历史上，是否有人因为信服亚大纳西信经②而成为基督教徒？但确实有上百万人信服于某位圣者的人生！

对于这些做出如此亵渎神圣之举的人们，特别是对于那个给予这些人以教义的人物，我向他们宣战。一个人向一个国家

① 国家理由是欧洲近代国家学的著名概念。其思想起源于著名学者、政治活动家马基雅维里，认为国家（在马基雅维里那里是掌权者）为了行善，必须能够作恶，必须同时具备狮子般的强势和狐狸般的狡诈；为了谋取公共福祉和维持必要的权势，以最终保存和发展更大的美德而对付邪恶，掌权者在应对时势的“必需”时可以运用不合法律和寻常道德的手段，可以无视宗教、道德和司法的限制。

② 亚大纳西信经：基督教三大权威性的基本信仰纲要之一，另外两个信经是使徒信经和尼西亚信经。因为对三位一体教义提出最终的明确定义，亚大纳西信经在基督教教义里有着举足轻重的地位。《亚大纳西信经》声明：“‘父是天主，子是天主，圣神是天主，但不是三个天主，而是一个天主。’……这三位同样永恒，地位平等，都是自有永有、无所不能的。”

宣战，这是多么可笑！这也是我将自己的行动向自己隐瞒的又一个原因。我的战争对于我来说是徒劳之举，我将面对悲怜的微笑，就像我过去常常对她的热情报以微笑一样。但事实上，我的战争根本不是徒劳。它造成的生命代价和痛苦程度很低。找到并消灭敌人的主力——如果不是因为风向的改变，我本应该已经将他们消灭。

我意识到自从我被抓到的那一天，我只是被孤独感和动荡感挫败。我怎么能自己承认，我作为一名政府要员正在宣战，我作为一名无情的爱慕者会因为情人的去世而如此感动？我作为一名文明而严谨的冒险家，会做出像持刀的冰淇淋商人一样的举动？

好吧，当我静静地躺在临时墓穴的时候，所有这些最终得到了承认。于是我接着跳转到精神攻击状态。

攻击状态！一个人连站起来的空间都没有，还感觉处于攻击状态，这又是多么荒谬！不过，我已经不再是被动的受难者。我过去意志消沉得让人可怕，而我不明白自己受难是出于什么原因。此时我确实明白了——上帝啊，我记得 1915 年在比利时伊普尔①，一些官兵的防空洞比我的还要小，还要潮湿！

我不知道我在那里躺了多久。我在左思右想，我的思维穿越了地理空间的遥远距离，穿越了我进攻和撤退的所有行动，但我本人以及外部世界没有任何活动可以用时间来测量。最后，我由于感觉到水位上升而惊醒。

我首先想到外面肯定在下暴雨，于是用一根棍子向下插入两根排水道进行清理。棍子遇到了硬物障碍。他们肯定发现了排水道，将道口塞住了。此举增加了我的不适——如果说有什么影响的话——但并未给我造成危险。水位上升到门槛的高度，随即就会从门下边漏出去。

我几乎是带着快乐的语气通过通风孔说话。有一种轻松的感觉让我振作起来，我想这种感觉就如同忏悔者在坦白之后的感觉。我知道为何我会在洞穴里。我感到我做的事情有价值。

“有人吗？”我问道。

奎武·史密斯做出了回应。夜晚已经过去了，另一个人来了又走了。

---

① 1915年4月22日，德军在比利时的伊普尔战役中首次大规模使用毒气。

“老伙计，你这么干只会让我得肺炎。”

“精神错乱也不会改变你的笔迹。”他回答道。

这是我第一次惹恼了他；他让我听出来他的话语中带着残酷无情。

我又开始挖洞了，希望能够凭着自己新的勇气，在黄昏之后的某个时间挖到地面。但我需要增加的不是勇气，而是氧气。我不得不将暂停动工的间隔时间不断缩短，从而获得比过去更多的安全空间。假如我昏倒了，头沉没在大片泥浆之中——我的睡袋漂浮在泥浆上，一切都将结束。

等到我再也干不动的时候，我将没用的包裹卷起来，在上面铺上一层白铁皮。我坐在白铁皮上，身体向前蜷伏着，脖子靠着顶部，胳膊肘撑在膝盖上。这并不舒服，但除此之外的唯一选择只能是全身平躺在水里。这样做将我身体弄湿的程度和此时的姿势差不多，但是会更冷。我不住地发抖。不过，洞穴里的温度肯定明显高于室外空气。诗人们描写坟墓的寒冷时，他们肯定是搞错了。

到了晚上——这已经是我被囚禁的第三天，奎武·史密斯想让我说话，但我不说。最后，我听见他的同事前来接班。少校向我道了晚安，并表示遗憾称，我迫使他增加我的不适。我不明白他的意思。但随后便是一阵沉寂——这种沉寂比我所经历过的任何沉寂都要彻底。即使是在夜晚，在地下，我的耳朵仍然能听见飞禽走兽发出的微弱声响。

夜晚越拖越长。我开始受到幻觉的折磨。我记得当时感到奇怪，她怎么进来的，还恳求她小心点。我担心一旦她离开，他们可能会把她当成我，朝她开枪。即使在我神经错乱的时候，我也不能想象有人会伤害她，仅仅是因为她自己。

那些梦幻都已经过去了，是我越来越困难的呼吸将它们驱散的。这是对空气的极度渴望。我说话的时候，也无法让那个人听见，于是我轻轻地敲打门。一束光照在通风孔的角上。奎武 · 史密斯在离开前将通风孔塞住了。

“别敲了！”一个声音低沉地叫着。

“我以为现在还是夜里。”我愚蠢地回答道。

我的意思是，假如我知道已经到了早晨，我就不会用力敲打门。我不想让无知者去猜测。

“我有指令，如果你弄出声响，我就进来朝你开枪。”他冷漠地说。

他的声音就像证人席上的警察一样平静。根据他的声音以及少校对他的描述，我可以非常肯定他属于哪一类人。他干这一行并不是出于野心，也不是喜欢搞阴谋诡计——这两个原因无疑适用于奎武·史密斯。他只是雇用的帮手。

我对他说，我是个有钱人，如果我能逃走，我可以让他独立生活。

“别敲了！”他又说了一遍。

我想过将一张大额钞票按在通风孔上，但这会让他知道我身上有钱，太危险了。他将有机会从我这里榨取无限多的金钱，并且没有任何回报。

“好。”我说道，“我不说了。不过我想让你知道，当他们将我放出去的时候，我不会忘记你能够对我表现出的任何一点善意。”

他没有回答，但也没有将障碍物放回原处。

我将包裹朝着通风孔推移，然后坐在上面，脸贴着通风孔。在外面，阳光正在照耀。我看不见太阳，但从模拟兔子洞的曲线中可以看见，砂岩的深橙色晶体正闪着光。我有一种温暖和空旷的幻觉。24 英寸的沙地距离我如此之近，就在我的眼睛下面，却失去了视角。细小的不平整地带成了沙丘，隧道成了沙漠，阳光仍然沐浴在地平线上，喀新风[1]的乌云正聚集在我的头顶上。

我的表停了，但我想现在肯定将近正午，奎武·史密斯即将前来接班。我首先听到他的是一声枪响——距离如此之近，我肯定他打中了小道上的某个东西——随后便是他们俩的笑声。

① 喀新风：喀新热浪——每年从撒哈拉沙漠吹向埃及的一种干热南风。

二十三
制作逃生利器

暮色降临时，奎武·史密斯开始对我进行第四次讯问。他的讯问方法很诚恳，也很巧妙。他向我转述了晨报新闻的概要，然后谈论足球，接着将话题转到他的童年。他说，他是在英格兰接受的教育。

他的个人回忆很坦诚，尽管他隐含的要比说出来的多得多。他母亲是英语家庭教师。她觉得自己的社会地位比他父亲低，但在道德上又要优于他父亲——这是一种很可怕的组合——她用梳子背面挥舞着英国国旗，向儿子灌输爱国主义思想，努力让儿子成为英国好孩子——结果导致儿子对于自己母亲国家的情感从未超过来到这个国家时的高度。他没有提及任何关于他父亲的情况；我推断出他父亲是一位不出名的贵族。后来当我得知奎武·史密斯的真实姓名时，我想起他那喜好折腾的家族有迎娶外国奇异女子的喜好，并因此受到其他贵族的轻视。他有一位叙利亚祖母。这正是他的骨架几乎像女性一般纤细的原因。

他诱使我谈论我的童年。但当我意识到自己受到他营造的这种亲密氛围的感染时，我随即打住话匣子。此时我已经了解他的手段。他不可能有机会让我在他的那张纸上签字，但他还是让我怀疑我的拒绝是不是荒唐，是不是不切实际——他在这方面表现出令人惊异的技巧。

他威胁道，如果我不和他说话，他就再将通风孔堵起来。我反击道，如果他堵上通风孔，我就去死；为了避免促使他这么做，我接着说道，与我能够了结自己生命的其他方式相比，窒息而死似乎还快活些。

事实上，我知道自己生存的目标，根本没有自杀的想法。

即使是在最初迷途和绝望的日子里，我也只是将自杀作为一种可能性，与其他十多项计划放在同等位置进行考虑。我想，人如果没有确切的自杀欲望，就不会自杀。这绝不是人们必须使自己兴奋起来的一种行为，而是必须抵制的一种邪念。我的心理疾病比一般人多，但没有任何悲观至极的自杀抑郁症。

他笑着说，他会通过一种适合我的过滤器给我想要的所有空气，我想要的所有空气。他完全放下了英国人的行为方式。知道我令他感到心烦，我极其开心。

我听到他将某个笨重的物体往洞里推，将它刚好朝着曲线的方向塞紧。我并不是太在意。根据经验，我知道储存在洞穴里以及从门下边透进来的空气足够我生存许多个小时。

我保持安静，考虑是否要将障碍物拉进洞里。我可以够得着。隧道的形状就像我肘部弯曲的胳膊，长度只有胳膊的一半。但这么做存在着很大风险。如果我的胳膊向上摸索，被他抓住卡牢，此后他的盘问就不会这么温文尔雅了。

我用棍棒捅了捅，发现那个物体很软，但很结实。我用手指一点一点地往前探，直到手指碰到障碍物，然后我将手收回来。我想，我碰到了线状物和齿状物的结合体。但还没等我的胳膊抽出隧道，我意识到那实际上是什么东西。恐怖、解脱和愤怒的感觉同时交织在一起，令我极度恶心。

我抓着阿斯莫德的头，将它的尸体拉进洞穴。可怜的老朋友，它被子弹近距离完完全全地击中了胸部。这是我的过错。按照它有限的经验，安静地坐在小道上的人应该是友好的，有罐头牛肉。就在它安心地坐起来看着他们的时候，它被开枪打死了。

我因为悲痛和愤怒而哽咽。是的，我知道——或者我这一边知道——这是盎格鲁—撒克逊人对自己家畜的固执愚蠢、无可辩解的喜爱。不过，对阿斯莫德喜爱的价值，要比那些从生下来就喂养长大的生物稳定得多。我们的友情不可动摇，就像两个人在中年时期正各自回顾独自拥有的独立生活，却因为相遇而彼此深深相爱一般。

奎武·史密斯咯咯地笑着对我说，其实我只能责怪我自己，他希望我第二天晚上和他谈话时不要太傲慢。他当然不可能知道阿斯莫德是我的猫，但他可以十分准确地预测到我会将他放置的障碍物拉进洞穴，我再也不会将它推回去。上帝啊，他要是知道我居住的氛围，就不会想到一只死猫会把事情弄得更糟！

当另一个人前来接班时，我开始解脱僵直的身体。我在搬动寝具包裹时，感到自己无法站立起来，即使这里只有甲板间高度。我跪在泥浆里，手撑在门槛上，努力将腿伸直。我的印象是对的——我膝盖的位置距离下巴只有 2 英尺。

我不需要睡觉，因为我每 24 小时中都有若干小时处于半瞌睡半昏迷状态。在夜晚，我调整自己的身体。等到最后身体舒展开的时候，我用脚趾和手支撑着，做那些我认为商人们被要求在早饭前进行的运动。我停止了颤抖，吃了饱饱的一顿威士忌拌燕麦片。我希望我曾经想到进行有限的运动，但身上的污秽让我泄了气。我的体力也没有用武之地。

如果说奎武·史密斯因为开枪打死了阿斯莫德就诅咒自己死，这似乎有些荒谬；这在某种意义上只是很轻微的犯罪行为。帕塔雄会毫不犹豫地向老偷猎者开枪。我依旧会为他伤心，但承认帕塔雄做得对。同样，我承认奎武·史密斯有权在小溪旁朝我开枪。我既不能防范也不能解释枪杀这只猫对我造成的影响。这让我感到解脱。我本来打算兵不血刃地从烟囱逃脱。从那时起，我的所有计划都朝着迅速、竭力突入小道的方向努力。我最后终于能够承认，我所有以非暴力方式逃生的计划都是不可能实现的。唯一可行的办法就是干掉值班的那个人，在我开始挖掘之前而不是之后。

通风孔是我和他进行身体接触的唯一渠道。我策划了许多设计巧妙的圈套，诱使少校将胳膊伸下洞。他显然不会想到这是个圈套，这个办法可能会有用。但我断定这对我没有任何好处，即使我抓住了奎武·史密斯。你不可能仅仅抓住一个人的胳膊，就能够很快将他干掉。他会大喊救命。

穿过通风孔将他干掉？嗨，这么做只有一种办法，即将曲线拉直，使我可以将投射物向上射出隧道。用简易长矛去戳他没有用；要想让他即刻毙命，我得以非常快的初始速度投射重武器。

我随即想到将铁制烤肉叉用作武器。在从投射点到他头部之间3.5英尺左右的短程射距内，它可以很精准地飞行；但它无法从我的弹弓发射，也无法将橡胶进行重新整理后实施投射。我得有某件东西能够具有弓的属性。

我的碎木片都用不上。将白蜡树杆拉弯可以产生必要的作用力，但洞里没有空间操作这么长的树杆。一张真正的弓，或者借助木头的弹力形成某种推进器，这些想法都排除了。扭曲的钢筋或者绞绳可能会有用，但我都没有。

我仔细检查我的满罐头盒和空罐头盒，希望能找到另一种力量源。有些罐头盒在我卷起的睡袋上，有些在阿斯莫德的身下。我将它的尸体放在罐头盒搭成的平台上。这是最后的感伤。它再也不用忍受泥浆了。当我将手放在它的尸体上时，我意识到它的身体就是力量。它可以为自己复仇。

我剥下阿斯莫德的皮，并切成带状。我一直对废旧武器的机械构造感兴趣。为了保持罗马火炮相对于拿破仑战争时代的其他武器的优势，我不得不烦扰朋友，并对此感到内疚。此时我设计的武器是一种极其原始的手工制作弩炮模型。我还记得当时考虑过从野兔身上去取类似用途的材料，但我更同情活生生的野兔而不是死亡的动物，因此我从未这么做。

我制作了正方形的框架结构，支柱是两块砖，横杆则是两根结实的白蜡木棒，这两根木棒刚好插入砖块顶部和底部大体刮净磨平的沟槽里。在与砖块平行的位置和砖块内侧，我搓了两串生皮。在每串生皮的中心分别拧着一根长钉，并伸出砖头之外三四英寸。在长钉的顶端附着一根宽宽的皮带，作为连接弓臂两端的弓弦。捻缩的带状生皮使整个框架保持稳固，并且使长钉紧紧地压在砖块上。

在砖块的远端一侧，是装运货箱的一根木条，用方形绳索绑在砖块上。我在木条的中央割了一个半圆形的孔。发射弩炮的办法是，我仰面躺着，双脚踩在木条的外缘。烤肉叉的尖端从孔中穿过，并由孔支撑着；烤肉叉的环被我右手拇指和食指从皮带中央紧紧抓住。这样一来，通过手脚之间的拉力，长钉顶着两串生皮的扭力朝着我胸部的方向拉伸。在射出烤肉叉时，长钉会砰地撞回到砖块上，而砖块的接触点上垫着布。

等到我完成了这个机械装置的制作时，已经是早晨或者更晚的时候。奎武·史密斯还在值班。我不敢进行练习，担心弄出声响。因此我尽可能好好睡觉，等到晚上进行检查。我打算客气一点，因为我想得到有关少校助手的信息。我一点也不知道如何同他打交道——我不能俘获他——但我的感觉是，他活着可能比死了对我更有用处。

就在帕特、帕塔雄和他们的劳工全都撤回到各自的火炉旁的时候，奎武·史密斯打开了话匣子。我们保持着戒备说了一些客套话。之后他说道：

“你不可理喻，真是不可理喻。我感到奇怪，像你这样明智的人会忍受这种环境！”

我注意到他的声音里带着些不耐烦。他开始意识到，11 月份的夜晚在潮湿的小道上看獾可不是娱乐消遣，没有人想长时间持续进行这种活动。他肯定曾经希望从未想过那个无可估量的悔过书。

“我能忍受。”我回答道，“你这个人没受过什么罪。我得出了这样的结论，要是我在你的那份文件上签了字，你不会有机会将它公布。不会有战争爆发。因此我签不签字并没有什么关系。”

我想这种方式作为一种英国式的诡辩会引起他的注意：否认我不舒服，却为获得更多的舒适产生一个言不由衷的理由。这是教科书式的例证，足以欺骗外国人。

事实上，据我所知没有哪个英国人会在他那份血腥的文件上签字——拒绝的部分原因是为了名誉，但主要还是纯粹的固执。与 100 年前牛肉和麦芽酒时代的英国自耕农相比，他是个神经质的家伙，是现代约翰牛。不过，祖先的愚顽固执在他身上一点也没有丢失。

“你完全正确，老伙计。”奎武 · 史密斯说道，“你的签名只是必要的形式。这份文件可能会一直在档案底下压着，直到时间的尽头。”

“是的，但你看看这里！”我回应道，“我相信你不会说话。我不知道你是谁，但你肯定在单位有着很高的地位，有责任感。不过那个家伙是什么人？我可能会使我自己被敲诈勒索，或者他可能改变立场。”

“他不知道你是谁。”奎武·史密斯回应道。

“我怎么能确定？”

“哎呀，动动脑子，先生！”他轻蔑地回答道——我很高兴他的声音里不再有常见的讽刺口吻，而是真正的关心。“这可能吗？他甚至连我是谁都不知道，更不用说你了。今天早上他在努力找到答案。我估计你试图贿赂他。”

“他是英国人？”我问道。

“不，瑞士人。老伙计，他特别愚蠢，特别不道德。这样的品质组合非常罕见，恐怕只有长期实行民主制度的政府才能造就出来。瑞士特工完完全全就是莎士比亚笔下的‘第二个凶手’。”

面对这种明显的嘲弄，我按捺住自己。没有人会将奎武·

史密斯当作“第一个凶手”。他肯定属于雇用阶层。

我想让他一直说下去，这样他就不会坚持要求我立刻在文件上签字。我问他民主制度怎么了？

他给我念了一段长长的演说词，这是对大英帝国的猛烈抨击。我时不时插入挑衅性的话语来刺激他。他极度仇恨我们。用他自己的话说，他看待我们就像哥特人看待罗马帝国一样，把我们当作一群堕落的、满口仁义道德的崇尚奢靡者，为了守住疆土，只能通过剥削——无能地剥削大量财产，身后留下数百万受苦受难者。事实上，这番话同样可以从他老板在波兰另一侧的对手（苏联）嘴里说出来。

他甚至厚颜无耻地邀请我加入胜利方。他说，他们在所有的国家都需要像我这样天生的领导者；我只要签个字，过去的事情就过去了，我会得到所有的机会满足我的权力欲。我没有告诉他，天生的领导者没有任何权力欲。他不会明白我的意思。

我敢说他是认真的。我可能会是非常有用的工具，完全在他们掌控之中。当你发现有煽动者没有经历过贫困，那么你理所当然可以问他是否曾经面临过我的境况，他干了什么我们警察不知道但外国警察知道的事情。

“我会在明天上午签字。”我说道。

“为什么不是现在?”他回应道。“为什么还要再拖一个晚上?”我问他我究竟可以去哪里。我对他说，在我被公开释放之前，他得给我带些衣服，让我穿着体面，然后带我到他的农场洗澡。所有这些不可能在不引起相当多的好奇心的情况下即刻完成。

“我明白你的意思。”他说道，“我明早给你把衣服带来。”

“在我们谈话之前，让你的那个瑞士人走开！这是最让我担心的。我根本不相信他。”

“老伙计。”他抗议道，“我希望你能让我自己进行一些辨别。”

二十四

杀出“囚笼”

“第二个凶手”前来换岗，并准备过夜。此时，我开始练习使用弩炮。我将一件外套塞在我这一端的通风孔洞口，这样一来，长钉的重击声就听不见了。带状生皮已经收缩成绷得更紧的线圈。这比我需要的武器威力还要强大，只有恶魔才能拉得动；我只能用两只手，左手和右手抓住烤肉叉的柄和环，让烤肉叉保持水平，使它在穿过半圆形孔的时候不会被钩住。在4英尺的射距范围，烤肉叉穿透了2个西红柿罐头，扎进地下6

英寸。我试射了不到十多次，因为这个弩炮并不太结实。

我去掉通风孔的“塞子”，然后扇风扇了 1 小时，换换空气。天知道这是不是真的有用，但值得试试，因为我的下一项任务就是劝说瑞士人关闭他那一端的通风孔，并且在我挖直隧道的过程中一直关闭着。

我开始呻吟和咕哝，以搅动他的神经。他要求我停下来，我说如果他告诉我现在的时间，我就停下来。

“两点半。”他生气地回应道。

我安静地待了 1 小时，然后又开始发疯——呜咽，狂笑，恳求他放我出去。他以令人恼火的耐心忍受着我的噪音（可能希望得到那份猜测中的奖赏），在将洞塞住之前逼着我不得不作歇斯底里状，心烦意乱地进行着“讨价还价”。我的表演之逼真，足以让自己的情绪真正得到释放。

将隧道挖直很容易，而且噪音非常小。我用刀挖掘，将土一把一把地聚着。在挖掘间歇，我不时发出呻吟，让他打消拿掉“塞子”的念头。曲线消失了，取而代之的是空洞，就像野兔带着两个洞口的窝巢。他的“塞子”是一块麻袋布。我在不弄乱麻袋布位置的同时，将我这一侧的折叠部分展开。这样一来，我可以毫不费力地呼吸，并且能听到小道上的所有声响。

我将睡袋包裹整理好搁在肩胛骨下，背靠着泥浆躺着，将弩炮瞄准着，将烤肉叉搭在皮带上。我得做好准备，一旦有人的脑袋出现在洞口，我就立刻发射。拿走麻袋布可以让我有时间拉“弓”。如果有人朝洞里看，会注意到麻布袋的形状已经改变，而这将是他能够看到的最后一眼。

我希望瑞士人不要去管那个麻布袋。如果能干掉他，我不会感到一丝内疚。但如果他刚好在奎武·史密斯到来之前拿走“塞子”，我可能无法及时杀出去，给少校一个出其不意。我一直在喃喃自语，意在表明我是个麻烦，很折腾，但并没有达到让他试图拽出麻袋布骂我的程度。

清晨的光明穿过折叠的麻袋布在闪烁。我在等待，在等待。在我看来，奎武·史密斯似乎要在正午过去很久才会来。事实上，他来的时间要早——如果换句话说，他通常上午10点来。

我第一次能够听到他们所有的交谈。在上午的那个时刻，他们在低声交谈，尽可能少说话。

“他已经疯了，长官。”瑞士人冷漠地说着。

“哦，我不这么看。”奎武·史密斯回应道，“他只是在躲避危机。他很快就会平静下来。”

“今晚还是老时间，长官?”

“如果不是，我会让你知道。你的女人已经得到警告，你可能会离开?”

“是的，长官。”

我听见他沉重的脚步溅着泥浆。我一直仰面躺着，盯着洞看。

我一点儿也不记得拉弩炮时的动作。他抽出“塞子”时，闪了一束光。我开始行动了。在拉伸皮带的时候，我的肌肉似乎在微微抽搐。随后，他的脑袋立刻出现了。我注意到他眼睛里惊讶的神情，但我想那个时候他已经死了。烤肉叉刚好击中了他鼻子上方。当他毙命时，他看了看，似乎有人将一个金属环拧进他的前额。

我将我这一侧的通风孔砍开，直到足以容纳我的身体。随后我爬进去，用头和肩膀推进着冲入小道。奎武·史密斯正仰卧着看着我。在我意识到发生的情况之前，我将拇指按在他的气管上。烤肉叉的尾端从他的颅骨后部射入，以一种非常逼真的方式支撑着他的脑袋。他没有带多余的衣服。也许他在得到我的签名之后就没打算让我活着；也许他根本不相信我会签字。后者是更厚道的想法。他口袋里的左轮手枪装着子弹，但不管怎样都不能证明什么。

我将那份造谣中伤的文件烧了，然后伸直身体，凝视的目光穿过曾经熟悉的田地上的树篱。帕特不在我的视线内，他的奶牛在安宁地吃着草。帕塔雄则在山丘上和他的牧羊人说话。这是潮湿的 11 月天气，没有风，没有阳光，这种中性特征如此温和舒适。我从挖掘的劳作中直接进入这个环境，不知道此时气温是凝固点以上 10 度还是 13 度。奎武 · 史密斯的手表显示只有 11 度。我吃了他的午饭。瞧，西西拉死了，钉子钉在他的太阳穴里。

我毁坏了他的灌木遮蔽和照相机。（尽管我知道他考虑周全，但看到他为了保持对我的监视，事实上做了如此的准备，我还是感到诧异。）我还将他用于保暖的那块厚重的汽车地毯折叠起来。随后，我将卡在小道两侧土堆之间的梁木移开，打开洞穴的门。臭气令人惊愕。我从洞里出来只有半小时，但这已经足以让我注意到，好像臭气是另一个人造成的。我就是一直生活在这样的空气中。

我用普里默斯便携式汽化炼油炉烧了点浑水，擦了擦身体——这更像是一种形式，而不是真正的清洗。我换上了他的衣服，感到干燥而温暖，这太美好了。他穿的是重重的马裤呢长裤和衬着毛皮的短猎装——中欧风格而不是英式风格，但这种服装对于他的工作来说非常理想——优于他的粗花呢套装。他还在这些衣服外面穿了一件内衬羊毛的军用防水短上衣。

我穿上衣服后，对他的证件进行了仔细查看。他有自己国家的党员证和身份证，上面有他的真实姓名。他还有本英国护照。护照上的名字并不是奎武·史密斯。他假冒那个名字和角色，是为了这项特别的行动。他的职业是公司董事，还是非职业作家。任何人都能有资格拥有其中一个头衔，这一点所有的治安法庭法官都知道；但这两个头衔还是让人印象深刻。

我在他的腰带上发现了200英镑黄金和另一本护照。护照由不出名的领事馆进行了两次延期，但上面既没有盖章也没有签证，表明这本护照还从未用于旅行。按照合理的假设，这应该是他的私人护照。照片能显示他的脸和染黑的头发，没有胡子。假使我从事奎武·史密斯的行当，我也会注意取得一本类似的护照；假使他与雇主产生意见分歧，他可以完全消失，在某个非常宜人的拉丁小乡村安家。

我搁置了所有具体计划，直到我和瑞士人进行面谈之后。但当我剪发刮脸时，我留了和少校一模一样的小胡子，还像他那样将头发从前额直接往后梳。公司董事的名头和身份可能很适合我。

我将阿斯莫德留下的一切清理掉，将它埋葬在这条它曾经生活和捕猎的小道，还随同它埋了一听牛肉罐头，帮助它维持下去，直到它在自己的新领地学会这种运动游戏。我用我的旧衣服、寝具和泥土将逃生时弄得凹凸不平的洞塞上，从洞穴里取出我的钱，还有这本记录了这部日志前两部分的练习簿。然后，我将原来的门放回原位，将铁板靠在小道的土堆上，将土和垃圾盖在上面。到了春天，荨麻和凤尾草往上生长——而且会更茂密，它们会长在那片翻过的土上——那里将不会有我们的任何痕迹。

我将奎武·史密斯的尸体靠着一片灌木丛，这里不挡道。这个做法并不好，但他的围困已经让我伤透了心。我已经没有了感情的空间，除了极大的宽慰。黄昏之后，我绕着帕特的牧场行走，让我的双腿习惯运动。我非常虚弱，可能还有点儿头晕。这不要紧。既然剩下的只有疯狂的冒险，那么疯狂一点没什么不好。

我根据泥浆里的足迹判断，瑞士人始终是从小道的顶端进出。毫无疑问，这是奎武·史密斯不寻常的小脚留下的印迹。我曾经不得不将自己的鞋子留着，他长袜的脚跟部分在我的脚底聚成块状。

我在小道最阴暗的地方靠着土堆蹲伏着，等待着。我听到那家伙在 0.25 英里距离之外。在小道干燥的地方，他的行动相当安静。但在踩到泥浆的时候，他就耐不住性子了。

当他距离我几步远的时候，我打开奎武·史密斯的手电筒照着他的脸，喝令他把手举起来。我从未见过哪个人被吓成这副熊样。他以为他在偏远地方遇到了一个疯子抢劫，这个疯子对他有相当大的怨恨。

我让他将脸埋在树篱里，此时我取走他的证件、手枪和裤子纽扣。我以前读到过这种把戏，但从未见过。这很有效。将一个人的裤子绕在脚踝上，不仅起到妨碍作用；他的斗志也会被压垮。

他随身带了本护照。我想那些家伙都会这么做。我瞟了一眼护照的首页，他名叫穆勒，归化的英国人，旅店服务员。他身材高大，金头发，淡淡的胡子一点点增多。他看上去像是模仿英国皇家骑警队的某个退役军士。

“他死了？”这个人结结巴巴地说道。

二十五

镇住约翰

我让他转过来看看。当我将光照着奎武·史密斯裸露的尸体时，一直将瑞士人遮蔽着。然后，我将他推回原处，脸朝着树篱。他又怕又冷而发抖。他的腿在抖动。他表现出所有源于恐慌的下意识反应。我已经令他不由自主地胡思乱想。

他不住地说："什么……什么……"

我想他是在问我打算怎么处置他。

"我是谁？"我问道。

“我不知道。”

“再想想，穆勒！”

我将冰冷的刀面抵着他裸露的大腿。天知道他以为这是什么，或者他想象我打算干什么！他瘫倒在地上呜咽着。我想他能让衣服基本保持干净，于是揪住他的一只耳朵，让他爬起来靠着奎武·史密斯身旁的山楂树。

“我是谁？”我又问了一遍。

“奥德维奇……警察……警察要抓你。”

“我现在穿着谁的衣服？”

“43号。我在干这事儿之前从未见过他。我只知道他是奎武·史密斯少校。”

“奎武·史密斯少校为什么不把我交给警察？”

“他说你是他们的特工，而且你知道的太多了。”

这话听起来确实有点儿符合奎武·史密斯的狡诈；他能够向下层情报人员解释，为何有必要将我解决掉，为何他们独立于警察实施行动；这还可以确保“第二个凶手”的积极合作。

“那天晚上你们打算怎么处置我的身体？”

“我不知道。”他啜泣道，“我发誓我不知道。我受命每天晚上待在车里，直至我听到一声枪响，然后才和他会合。”

“你们是从哪里搞到这块铁板的？”

“就在他第一次发现你在这里的那天早上，我在布里德波特找人切割的。我过去常常在农场外和他见面，等待指令。”

“你在旅店干了多少年？”

“10年。其中干了两年的前台服务员。”

“家里有什么人？”

“老婆和两个小孩，长官。”他可怜巴巴地回答道。

我怀疑他在撒谎；他的声音里带着呜咽。根据我的感觉，考虑到手里各种各样的人选，他的雇主不会选择有家室的人去干期限不固定的事情。

“你老婆会认为你在哪里？”我问道。

“在……在托基换班。”

“她相信？”

“是的。”

“你这里杳无音信，她也不在意？”

“不在意。”

“她不会想到你可能和别的女人在一起？”

“不会的。”

“小心，穆勒！”我说道。

我仅仅将左轮手枪举到他眼睛的高度。他尖声叫道，他一直在说谎。他的右手在乱抓乱打，似乎他能抓得住飞行的子弹。这个可怜的家伙害怕死亡，害怕自己变成鬼。我承认，死神是个令人恐惧的来客，但一定是贵客？即使某人正在走向绞刑架，他也会认为他应该有尊严地迎接这位“带有某种企图的宾客”。

“你从谁那里接受指令？”我问道。

“旅店经理。”

“没有别的人？”

“没有别的人，我发誓！”

“哪家旅店？”

他给了我旅店名称和经理的姓名。我在这里就不重复了。这本应无可置疑，但出于那个原因，如果没有其他原因，我几乎确信我们的人会对此表示怀疑。他们如果不相信，只需核实是哪家旅店在10月份的最后一个星期少了一名前台服务员，而且再也没有回去。

“你犯了什么罪？”我问道。

很明显，他们抓着他的某个把柄，使他如此顺服，毫无异议被当作工具使唤。根据我的体会，前台服务员如果行事粗鲁，自行其是，就太招眼了。

“强奸。”他咕哝道，显然自己感到羞愧。

“怎么回事？”

“她邀请我去她房间——至少我认为她是在邀请。我本不应该这么做。我知道的。但我当时刚好下班。于是——于是我采取了有些粗野的做法企图占有她。我想她一直是在勾引我。接着，她尖声叫喊，经理和她父亲进来了。她看上去像个孩子。我想当时我已经失去了理智。长官，当她有一天晚上进来时，她只是一直在友善地朝着我笑，我想……我可以发誓……”

“我知道你想什么。”我说，“他们为何不控告你？”

“因为旅店的缘故，长官。经理瞒下了这件事。”

“那他们没有将你解雇？”

“没有。经理让我写了一份供认状，他们都做了证。”

“所以你从那时起一直是叫怎么做就怎么做？”

“是的。”

“你为何不再找一份工作？”

“他们不会给我出具任何证明的，长官。我不怪他们。”

他是真的难为情。当他被提醒到日常生活的真正麻烦时，他已经从惊慌失措的心境中走了出来。他们对这个可怜的家伙进行了双重控制。他们不仅确保他的顺从，还摧毁了他的自尊。

“你看不出来他们是陷害你？”我问道。

我对此很肯定。任何真正有伎俩的17岁小荡妇都能做出那些神秘的微笑，其演技足以完成这种令人困惑不解的改变——从妖妇变成受到惊吓的孩子。

“我愿意相信，长官。”他摇着头说道。

怪不得奎武·史密斯会被他惹恼！

我自己又变成了人。据我所知，穆勒本来可能会是最野蛮的歹徒，因此属于怯懦者类型。我必须将他制服。这不仅仅是装腔作势，如果他没有证明自己的用处，我应该已经毫不犹豫地把他干掉了。但当我可以搁置这种野蛮行为时，我几乎和他一样感到解脱。我让他把裤子提起来，给他一截细绳扎住裤子，还给他一支香烟。当然，我一直让他看到我拿着左轮手枪，只是为了提醒他，花园里并非都是玫瑰。

“他们知道你在农场？”我问道。

“是的，我开车带少校去那里。”

“农场的人和他什么关系？是他的雇员？”

“是的。他告诉他们，我正在海滨度假。”

“此后你有没有去过那家农场？”

“去过一次。我在那里吃的午饭，就在那天……那天……”

“你活埋我的那天。”

“哦，长官！要是我当时知道就好了。”他哭喊道，“我以为你和他们是一伙的——真的，我当时真的这么以为的！我并不关心他们是否在相互残杀。这种事情越多越好，如果你能明白我的意思。”

“你现在好像很肯定我不是他们那一伙的。”我说道。

“我知道你不是的。像你这样的绅士不会去反对他的国家。”

他不会？我不知道。我不相信爱国精神；现如今，明理的人几乎找不到值得为之献身的事物。但为了反抗而献身——在欧洲有足够多的罪恶，可以将最文雅者或是最颓废者拖入战争。

不过，我看出来穆勒对于他雇主的作用。前台服务员必须能够根据极为有限的迹象，对他的顾客做出判断，特别是那些到店时没带行李的旅客。例如，他必须掌握公爵和股票推销商之间的差别，尽管他们说话时带着同样的口音，后者的穿着比前者考究得多。

我向他解释道，他可能认为只要自己还没有失去勇气，就会摆脱危险；我让他去农场告诉帕塔雄，奎武·史密斯被伦敦召回，他得去收拾奎武·史密斯的东西，带到车上去。

奎武·史密斯几乎肯定事先告诉过他的房东，他随时可能会离开，因此这项计划并不算是大胆得出奇。穆勒恰好有几分威严的气质，那块汽车地毯搭在胳膊上，他看上去训练有素、品行端正，尽管身上沾着烂泥。他穿成这副样子，可以假扮奇德奥克的更夫或是正在度假的男仆：肥厚的粗花呢套装，旧式绒面革套衫，还有坚硬的白色衣领。

最主要的危险是，当穆勒身处农场时，他会判定之前的雇主比我更可怕。对于这一点，我极其率直地向他指明。我对他说，如果他 15 分钟后还没有从房子里出来，我就会赶过去，自称是少校的兄弟，将他带走。我还对他说，只要没有人知道少校已经死了，他才对我有用处；他失去作用之时，也将是他的末日，无论是在 10 分钟后还是两星期之后。

我接着说道："不过，如果你在接下来的几天对我保持忠心，你就可以抛开强奸罪那桩事情。我会给你钱出国，你再也不会见到你后来的老板了。他们会让你平平安安地离去。你对他们再也没有用处了，而且你知道的情况也不多，不值得他们去追踪。对，这就是你了！你要是出卖我，我就要你的命！老老实实跟我合作，就会有新生活等着你，无论你想去哪里。"

这番话里有很多漏洞，但他无心进行分析思考。他已经被镇住了，并且因解脱而伤感。奎武·史密斯对他的评价非常中肯；他完全就是"第二个凶手"。他像狗一样头脑简单，只要求准许服从。

他抓着少校的脑袋，我抓着少校的脚跟，我们小心翼翼地走到山脚下的公路上。在那里，我们欣慰地立刻将这个"白色的包袱"扔进了沟渠。我注意到，当穆勒确定我们没有被人看见时，他厚厚的脖颈后部突然冒出了汗珠。

二十六
登上离开英格兰的客轮

在五根木条组成的大门处，我们停了下来。在那里，帕塔雄的私家小道穿过自家围场通向农场。我对穆勒说，我就在那里等他，他出来打开门的时候我到车里去。我把奎武·史密斯的钥匙给他，并且教他怎么说。少校正在布里德波特和朋友吃饭。他得知自己马上得出国，他的收信地址是开罗巴克莱银行。我从他口袋里的信件得知，他一直在巴克莱银行的分行开有账户——开罗构造复杂，穿过那里去追踪一个人的行踪太困难了。

“但如果他们不相信我，那我怎么办？”他问道。

“他们当然会相信你。”我答道，“他妈的为什么不相信你？”

其实我自己也不是非常肯定，但他取得成功的最佳机会就是最大限度地表现出自信。

我给了他1英镑，作为给少校整理床铺的女佣的小费——如果有这样的女佣；又给了他1英镑，让他交给帕塔雄夫人，存在她女儿的储蓄银行里。

“你认识那个小女儿？”我问道。

“是的——玛乔丽。”

“以奎武·史密斯少校的名义给玛乔丽捎个口信：让她一定记住，不要过早地让王后出来。”

“我不明白。”他说道。

“那就更好了。向她解释，你不懂这是什么意思。但她会懂的，她还会笑的。告诉她不要过早地让王后出来。”

对于国际象棋初学者而言，这是个非常保险的建议。这么做还会让穆勒建立起真诚善意的形象。

我让他穿过围场，绕着谷仓拐角进入庭院；随后我跟着尽可能看看我的运气。这一次没有必要为了隐蔽自己而承受极度的疼痛——狗也有理由叫唤。我蹲在一棵树后面，从那里可以看到前门。

帕塔雄夫人接待了来访者。她有些诧异，但没有犹豫。她关上门，有 5 分钟的时间没有任何动静——在这 5 分钟里，我恨不得把电话线给剪了。随后，楼上房间的油灯被点亮，我看见穆勒在窗户前来回经过。他出来了，手里拎着一个衣箱，帕塔雄跟在后面，手里拿着枪袋。玛乔丽拿着汽车地毯，帕塔雄夫人则拿着一小包三明治。他们这群人正在轻松愉快地说个不停，向少校传递着口信——只有穆勒除外，他太过闷闷不乐了。他们走进马厩，看穆勒装载和发动汽车。我跑回到大门处。

“去哪里，长官?”穆勒问道。

他紧紧抓着方向盘，胳膊肘却像鱼鳃一样在颤抖——一部分因为反作用力，还有一部分因为害怕他的用处已经完结。很抱歉，我再次以冷酷杀手的形象出现，但这么做也有风险，他可能会试图冲向大门。

我让他开到利物浦，注意遵守交通法规。南安普敦太近了，伦敦到处都是监视的眼睛。我们从沟渠带上奎武·史密斯的尸体，放在车后面的地毯下面。

我的计划正在顺利进行，我肯定不会有人去那家农场，直到信件和电报在1个星期或者更长的时间没有回复；这种焦虑感必须达到非常强烈的程度，少校的下属或者上司——如果他有上司的话——才会冒险打搅他的谨慎行动。如果他们这么做，前往那条小道，就会在以下三个猜测中做出判断：我侥幸摆脱了紧跟着我的奎武·史密斯和穆勒；我贿赂他们放我走；或者他们杀了我，并且在某种程度上引起了警察的关注。

我们在布里斯托尔和什鲁斯伯里停下来加油。在途中，我用金属线将一件废铁杂物系在奎武·史密斯的尸体上，然后将他的尸体扔进了塞汶河。我没有半点后悔。我极不情愿、拖拖拉拉，但最终还是进入了战争的心态；我冒着死于暴力和痛苦的危险，他正是希望我那么死去。

我们按时抵达利物浦，可以早点用早餐。这座城镇正处于最邪恶的气氛之中，我很欣慰之前已经给少校的尸体穿上了衣服，让尸体去经受日晒雨淋。东北风从空荡荡的街道上收罗了煤烟、灰尘和纸屑，将它们结成冰，扔进默西河。与北冰洋的蓝色海水相比，默西河阴暗的黄色河水让人觉得更加寒冷。对于可鄙的穆勒，我感到更有信心。在这样的早晨，假使有人出卖打算黄昏之前将他带出英格兰的那个人，这简直无法想象。

我们投宿到一家旅店，在房间用了早餐。穆勒在炉火前不知不觉地睡着了，我用了两个小时的时间练习奎武·史密斯护照上的签名。为了方便起见，我在写到和想到他的时候，仍然把他当作奎武·史密斯，尽管除了我、索尔、穆勒以及在多塞特某个角落里的少数人之外，可能没有人知道他的那个名字。我练习的签名和假冒的身份都是他正常的英国人角色——不起眼的公司董事。

他签署的英国名字笔迹细长、流畅，用一支上好的钢笔尖并不难模仿。我伪造的签字可能瞒不过银行经理，但足以应付出境表格或者报关单——特别是这将会用公文笔在廉价的纸上书写。

护照照片并不是特别像我，但已经足够相似了。没有哪个船务员会提出质疑。奎武·史密斯和我显然都属于常见的体面、懂道理的一类人。

我叫醒了穆勒，给他喝了点水。他原来滴酒不沾——我想这是他对于老板的另一个益处。我带他去了浴室，我在清洗几个星期以来积累的污垢（将左轮手枪放在方便取及的肥皂碟上），并让他坐在抽水马桶座板上，给我读船务信息。

我们在当天下午有去纽约、西印度群岛、直布罗陀和地中海港口、马德拉群岛和南美、丹吉尔和东方国家的轮船航班。所有需要签证的国家，以及航行时间超过 1 星期的航班都被排除。只有直布罗陀、马德拉群岛和丹吉尔可以选择——而马德拉群岛是死胡同，如果有可能应尽量不予考虑。

如何摆脱穆勒，这是个棘手的问题。我曾经承诺赋予他生活和自由，但这个诺言将难以兑现。他只有一套证件；他太愚蠢了，无法在不被发现的情况下偷偷带他登上船；他不具备以假乱真的意识和形象。无论他进出哪个港口，肯定会留下关于他的详细信息。我并不太关心他是否被追踪——我可以肯定，他的老板在他回答了他们的问题之后不会再对他感兴趣——但我还是想尽可能长时间地延迟这种审讯的发生。

我在想，假如奎武·史密斯发现自己摊上了穆勒这个包袱，那么他会怎么做，特别是穆勒还是谋杀或者行贿事件的唯一证人。答案显而易见。他会在到达港口之前的那个夜晚将穆勒从船上推到水里，并且隐瞒穆勒的消失。这似乎是极好的解决办法。这将使他们相信，我真的是奎武·史密斯——假使他们对此表示怀疑的话——并将终止对于穆勒这位旅店前台服务员的所有搜索行动。

当时，这就是我的计划；但我并不是要在航行到某个方便的地方时将他从船上推到水里，而是不得不在距离陆地不远且具备上岸条件的地方将他推下水。有两个地方可以做到——一是塔霍河口附近，辛特拉山在此往下延伸到大海；二是圣维森特角。

我让人去找理发师，给我剪个体面的发型。我们刚离开旅店，我就买了一副单片眼镜用来掩饰，或者更确切地说是凸显了左眼的呆滞目光。然后，我领着穆勒转了转船运办公室——像是一个古怪的度假者和他的秘书兼仆人。我像库克观光者一样问了许多愚蠢荒唐的问题；我说我希望能够朝着生活在葡萄牙的一位老朋友挥手。船务员们耐心地向我解释，这取决于我的朋友住在哪里，葡萄牙的海岸线很长，即使是最大的手帕，在几英里之外也看不见。他们令人惊奇的温文尔雅；毕竟他们向潜在顾客讲解基本地理知识的时间要比向顾客卖票的时间长得多。

我找到了想了解的信息。开往直布罗陀的客轮不符合我的要求；它将在早晨穿过塔霍河，日落后不久穿过圣维森特角。开往丹吉尔的客轮对我更合适。这是一艘航速缓慢的旧船，只有一个等级的舱位。它将在晚上 9 点与午夜之间穿过塔霍河。

我看了一眼航班时刻表。舵机在主甲板艉部；在舱室与船尾之间是常见的狭小的私人空间，情人们会在那里放置他们的椅子，前提是他们能够忍受船舶颠簸幅度的增加。情人们在这段旅途中没有空间。公司董事和他的同伴将在那片空间舒展四肢，放置帆布躺椅，并且会粗鲁地对待打扰他们个人小天地的任何人。

我们订了两间相邻的特等客舱，客舱之间有浴室。接着我们开始购物。我为穆勒和我自己准备了旅行包以及旅途的必需品。我买了一艘带有充气筒的折叠式橡皮艇，一副分成两截的结实的船桨，还有 100 英尺的细绳，所有这些都塞进了大衣箱。穆勒自然而然地认为这艘艇是我自己用来逃跑的；我并未打破他的幻觉。我将汽车在仓库里存放一年，然后我们上了船。

沿着圣乔治海峡顺流而下穿过海湾，我无须操心穆勒在哪里。他从未进行过海上航行。这艘船只有 8000 吨重。海上风大浪急。我抓住船尾粗陋的缆绳扶手，只是借此确立自己的占用权。经过了一个上午的痛苦之后，我不晕船了。我再也没有常见的身体不适感，这真是件幸事。我自由自在地吃饭、饮酒、冲洗。对于这三种乐趣，这艘船能提供多少，我就需要多少。

二十七

重获新生

在离开利物浦的第三个夜晚，我们经过菲尼斯特雷，醒来时看见迅速落下的海浪形成的淡蓝色世界；沿着东方地平线伸展的是葡萄牙的灰绿色丘陵。我让我的秘书兼仆人下了床，给他吃早饭。随后，我们占了船尾的两张帆布躺椅。我将汽车地毯和我的腿尽可能不雅观地伸展开，通过我的单片眼镜无礼地盯着任何胆敢从上面跨过去的。没有一位旅客表现出加入我们的丝毫想法。

下午晚些时候，我给了穆勒两杯柠檬水，帮他振作起来，并问他想做什么。他是宁可回伦敦报到，还是完全彻底地消失？想到不回去报告他所知道的奎武·史密斯的死讯，他非常紧张。

“你得解释为何在农场说了这么多的谎话。”我提醒他，“那家人可以证明你是独自一人。谁也无法阻止你往伦敦打电话。”

他立刻乞求我，无论我走到哪里都把他带着。这个人已经完全无法自己站起来。他一旦离开某个支撑物，就开始挥舞着“魔爪”，希望能抓住另一个支撑物。

我回应道，我不能带着他；他必须按照自己的线路消失。

“他们会追着我的。”他哭喊道，“我再也不会平平安安了，长官。”

“如果他们以为你已经死了，就不会追着你。”

我向他说明了我的计划：等到我们到达距离海岸几英里的地方，他和那艘橡皮艇将被投入水中，我将会给他500英镑，让他开始新的生活。他想到钱的时候就开始高兴起来，但随后又对自己到达海岸时将要面对的困难感到恐惧。

好吧，有件事相信穆勒会去做：执行命令。于是我向他下达了命令。

“你的衣服会放在橡皮艇上。”我说道，“当你上岸时，把衣服穿上。将艇撕成碎片，然后藏在岩石下面。你步行走到卡斯凯什，然后乘电气列车前往里斯本。别去旅店。在你不需要登记的地方过夜。如果你在城镇中心的某个酒吧喝咖啡，我估计你可能会以某种谨慎而愉悦的方式过夜。到了上午，到码头去接想象中乘船抵达的某位朋友。再经过海关回去，就好像你从船上下来，给护照盖章。然后自己买签证和船票，马上乘坐另一艘船离开，到你想去的任何国家。”

他说道：“不过，假如他们在里斯本找我，就会看到我进出的。”

我向他解释道，我会制造出明确的迹象显示他已经死亡；他们一旦确定他从未在丹吉尔登陆，就不会在里斯本或者其他地方找他。

他似乎认为自己是个重要人物；为了找到他，他们会搜遍整个世界。我反复强调，只要他们认为奎武·史密斯还活着，就不会花哪怕是一点点时间或者金钱去找一个他们认定已经死亡的没有价值的特工。

“我知道的太多了。”他断言道。

“你他妈的什么也不知道。”我回应道，“我甚至怀疑你知不知道自己在为哪个国家效力。”

“我知道，长官。”他说道，还提了这个国家的国名。

上帝啊，这是错的！我认为，秘密机构的下属甚至不知道他们老板的国籍，这种情况很普遍，但在我看来太狡猾了。

我对他说，他错了，并且用少校的证件证明我的话。此后，我再也没有什么麻烦，除了他与生俱来对大海的恐惧。

我们的航程有所提前，在黄昏时就能够看到辛特拉山。这已经足以符合我的需要；我们可以在旅客用餐的时候把那项任务完成。这样一来，应该不会有人被派来寻找我们。我对管事部经理说，我感觉不适，我的秘书会照顾我。

穆勒在客舱里脱了衣服，我将钱装在油布包裹里，系在他的脖子上。当船上的通道空无一人时，我们立刻将衣箱拎到甲板上打开，在甲板室的遮蔽处给橡皮艇充气。我们可以看见岸上的灯光，因此他知道往哪个方向划。我让穆勒将命令重复一遍，他已经牢记在心，原原本本地进行了复述。然后，我将他的衣服和船桨绑在艇的底部，将长绳的另一端绕在他的腰上。

轮船航行形成的水流并无吸引人之处。这个可怜的家伙坐在扶手上，因寒冷和恐慌而发抖。我没有给他时间去考虑，而是猛地将橡皮艇投掷出去，并且厉声对他说，如果他让绳子拉紧，就会被淹死。我看见了橡皮艇，像黑色的补丁在白色的水流上摆动，还看到他浮出水面。一秒钟后，他曾经存在的印迹只剩下落在甲板上的睡袍。祝他好运！如果能有一份合适的工作和一位正面的老板，他作为“第二个凶手”的素质应该能够确保自己过上安全幸福的生活。

我带着衣箱和睡袍回到客舱，上了床——在他的床上待到午夜，再到我的床上待到早晨。当客舱服务员来叫我们的时候，他自然会以为我的秘书已经起床四处走动了。

这一天令人讨厌地极其漫长。有人怀疑我们能否按时抵达丹吉尔，让旅客在当晚上岸；如果不能按时抵达，我就不能指望继续守住穆勒消失的秘密。我没有吃早餐，上午待在隐匿处，按照普遍原则行事——如果我们两个人都没有被人看见，就不会有人想到我们；但如果有一个人被人看见，就可能被问及另一个人的情况。到了午饭时间，我进入酒吧间，给餐桌服务员付了小费，但没有吃东西。我对他说，我和秘书被我们的食物搅得肠胃不舒服，我的疗法就是饿一阵子。为了让胃恢复正常，我说话的声音洪亮而傲慢，丝毫不像挨饿的样子；我在印度一直是这么做的。

在2点与4点之间，客舱服务员不值班，我将包捆扎好带上甲板。斯帕特尔角已在视线范围内。乘务长证实，我们肯定能够在海关关闭之前下船。我收集了两张入境卡。随后，我再度躲进隐匿处，直到客轮抛锚。

交通船到了，行李被搬下船，我即刻找到客舱服务员，立刻给了他小费。他没有任何怀疑，但感到有责任问一问。

“穆勒先生还好吧，长官？”

“天哪，很好！”我回答道，“他替我收拾好，把所有东西带上了甲板。现在他正带着行李在交通船上。”

“我一整天都没见到他了，长官。”他解释道，“所以我觉得最好问问。”

“我也不大能看得到他。”我恼火地说道，“我听说他在工程部找到了一位老朋友。”

他就此打住了。穆勒是我的仆人。我非常受人尊敬。如果我觉得没有问题，就不会有问题。

此刻，我正面临着最严重的危险。由于担心记录出错，我只能交出两张入境卡，尽管做出只交了一张卡的样子。我不是巫师；如果需要手法敏捷，最简单的纸牌魔术都能难倒我。与将穆勒从船上扔进水里相比，这种讨厌的事情让我为难得多。我在过道前端附近磨蹭，希望能有一波旅客急速冲上交通船。但从来不会有这种情况发生。大多数旅客已经下了船。剩余的旅客也一个接一个地过来了。

我冲进吸烟室，用一便士邮票上的粘胶剂将这两张入境卡轻轻粘在一起；入境卡只是薄薄的卡片，我希望接收入境卡的助理乘务长不会注意到我是将两张卡塞入他的手中。假如他注意到，我打算说穆勒已经在交通船上，他肯定是在进入过道的时候没有交入境卡。假如有人随后瞟一眼交通船，发现他不在那里，我只能表现出诧异，祈祷自己不会被带上被告席，接受非常严重的指控。

我在将这两张入境卡粘在一起的时候，心理上经历了整个谋杀审讯：绝对不容置疑的证据表明，我隐瞒了穆勒的消失，还有我身份的暴露，等等。当我走进过道的时候，我的幻想已经发展到强行冲出地方法庭。助理乘务长收下了我的两张入境卡，看都没看一眼。10分钟后，我踏上了丹吉尔防波堤，周围是一群棕色皮肤、穿着麻布外衣的搬运工人在叫喊。

我经过海关，我的入境记录被认真登记。我煞费苦心地看到，法国移民局官员写下了公司董事的名字，拼写正确。从那时起，人们将完全相信奎武·史密斯按时进入丹吉尔，并且是独自一人。

至于穆勒，他后来的老板对于这段航程相关情况的仔细调查也会适时转达到船上。服务员们会记得穆勒有24小时不见踪影。助理乘务长会记得当他检查入境卡时，他发现有两张卡可疑地粘在一起。工程部——如果那位服务员还记得我的话——会说，他们从未听说过穆勒。事实上，有严重的理由担心，穆勒出了什么事。这个情况会报回到利物浦。无论是谁在着手进行调查，在发现了他想知道的情况之后，就会笑话主管们严肃的表情，解释称穆勒平安无事，而且——好吧，任何奇谈怪事都有可能发生！比方说，穆勒曾经担心作为共同被告被传讯，采取措施隐匿自己的行动。

我开车前往一家旅店，存放我的行李，并且预定了一星期的房间。我告诉旅店店主，我在丹吉尔有个小朋友，如果我有两三个晚上不在旅店，他不要觉得奇怪。我在他精美的餐厅里饱餐一顿，然后将一把剃刀、一瓶染发剂和一瓶染色剂装进口袋，走进荒凉的丘陵地带。除了钱之外，我能够从过去生活中带出来的只有这份自白书，因为我开始认识到可以通过何种方式让它发挥作用。

我认为在我的一生中，我并不懂得这种解脱感与踏实感，就像在太阳晒枯的山丘之间的谷地，水沿着灌溉渠涓涓而下，从备受喜爱的一个手工挖掘平台流到另一个平台，除了闪烁的星星之外，没有任何亮光。我的逃生之旅结束了；我的目的明确了，我的良心平抚了。我处于战斗状态——没有人能够像在两次战斗之间休息的战士那样如此清醒地体会到大自然的宁静。

我埋葬了那位公司董事的护照，还有我自己的护照，我可能已经永远结束了它们的用途。我刮掉了胡子，洗掉了脸上和身上的污渍，染了头发。然后，我一直睡到黎明，我的脸埋在水边的矮草中，我的身体从那片温暖而历史悠久的土地中汲取了力量。

我上午闲逛到北部城镇，我前一天晚上没去那里。在镇上，我完成了我的身份转变。我买了一套地道的拉丁外套、鞋罩、某种面相丑陋的尖头鞋，并将其他衣服打包寄到仰光公共援助委员会。我相信那里有一个这样的委员会。我去了一家理发店，他们用科隆香水对我进行了充分的喷洒，对我从前额向后直立的性感黑发进行了拂擦。这一切结束后，我的外貌更像奎武·史密斯拉丁护照上的照片，而不是公司董事的模样。

普通包裹当天寄往马赛。我在我的护照上搞了一个法国签证（我的祖国和其他美洲国家一样难对付——没有签证，我哪里都去不了），然后用我的新名字买了一张票。鉴于我没有行李，我很容易装模作样地登上船，无须经过检查。这样一来，不会有任何记录留给那些好奇的目光，这位谦恭而喷着香水的绅士进入或者离开了丹吉尔，也没有任何办法将他和奎武·史密斯联系在一起。我想他们会在阿特拉斯山和尼日尔之间寻找他们消失的特工。

节选自这部手稿附着的信件

亲爱的索尔：

我是在一家舒适宜人的旅馆给你写这封信。在这里，我正习惯于新的化身。当然，我不能给你任何提示，或者我称之为"拉丁"的那位先生的踪迹会延伸到哪里——即使假设会被追踪，或者我现在的身份。

我想出版这些文集。如果有必要，让某个能干的文人润色一下，以他的名义进行销售。当然，你不能提到我的名字，也不能提到我从波兰进入和即将返回的那个国家的国名。让大众自己去选择！

我想出版文集，有两方面的原因。第一，我实施了两次谋杀，这些事实必须记录下来，以免警察抓错了人。第二，如果我被捕，将再也不可能出现大英帝国政府同谋共犯的问题。我在困难时刻的每一份陈述都能够进行检查、引申和提供证明。如果任何地方有任何人指责我牵连了自己的国家，这部日志的三个部分（前两部分是偶尔写写，最后一部分则是精心撰写）绝对可以做出解答。

原谅我没有告诉你我的婚约，以及我在多塞特度过的快乐的几个星期。我是几年前在西班牙第一次见到她。我们并未达到在《泰晤士报》上发布公告的程度，也从未对外传播过。

复仇的道德准则？和战争的道德准则一样，老伙计！除非你是出于信仰而拒服兵役，你就不能谴责我。不光明正大？根本不是。这是世界上发射出的最困难的两三发枪弹之一。

我开始认识到我最初在哪里出的问题。在我所了解的那种国家运用我的技能，这是个错误。人们应该在自然栖息地追捕动物；人类的自然栖息地——现如今——是城镇。烟囱管帽应该作为遮蔽物，办法是在200码的距离之外进行速射。我的计划太超前了。我不应该逃离，但我不会失败；这仍然是我的一切，真的。